鱼苗 著

# 幼龙美人

九州出版社
JIUZHOUPRESS

# 目录

第一章

妈，我想养人

您要是让我养他，

以后我的山洞我自己收拾，

碗我自己洗，

不用您提醒自己磨爪子，

您让我去哪里跑腿我立刻就去，

好不好呀妈妈？

**幼　龙**："妈妈……有件事想跟您商量一下。"

**龙妈妈**："啥事儿?"

**幼　龙**："我想养人。"

**龙妈妈**："不行。"

**幼　龙**："为什么啊?"

**龙妈妈**："你能把自己养活吗,还想养人?你知道养人有多麻烦吗?我跟你说,人类特别难伺候,你离他们太近了不行,嫌你鳞片太多一不小心就会刮到他们,离他们太远了也不行,没事就凑过来摸你一下,看看你在哪个位置,确认完了又走了,只能他们摸你,不让你吸他们。"

**幼　龙**："可是有的人类就比较黏龙。"

**龙妈妈**："太黏龙的人类更麻烦,你得经常抽空陪他们玩,让他们爬到你身上脑袋上,还要帮他们和其他人类玩过家家,今天飞这个国家明天烧那个国家的,作息一点都不规律,而且经常喷火对嗓子不好,你知道吗?"

**幼　龙**："但是人类平时一般不出门,就待在自己的领地啊。"

**龙妈妈**："那你想随时吸人,就要去他们的领地,不能像以前那样住天然山洞里,得去睡人类的床,你知道人类的床有多小吗?得缩小成人形才挤得下,翻个身都困难。而且人类的床哪有山洞结实,你稍微动一下床板都要塌。"

**幼　龙**："不会吧,不是睡两个人都绰绰有余吗?"

**龙妈妈：**"……"

**龙妈妈：**"你听谁说的？"

**幼　龙：**"隔壁家大黑。"

**龙妈妈：**"……以后少跟他玩。"

**幼　龙：**"为什么啊？"

**龙妈妈：**"没有为什么，你这孩子怎么这么多问题。"

**幼　龙：**"那我不去城市正规龙骑士军团买人，在路上捡个流浪人类回来养可以吗？"

**龙妈妈：**"不行。"

**幼　龙：**"都不花钱了，怎么还是不行啊？"

**龙妈妈：**"你知道在外面流浪的人类身上有多少细菌吗？传染给龙怎么办？没有血统证明的后院人类你敢随便往家里带吗？"

**幼　龙：**"可是……"

**龙妈妈：**"没有可是，一天天的，好的不学，净想这些，你今天的金币抢了多少？喷火练习有一个小时了吗？八万米飞行达标了吗？等你能自力更生开凿洞穴独立生活之后再谈养不养人的事情吧！"

**幼　龙：**"……哦。"

幼　龙："你小声一点。"

幼　龙："听话，你能保持安静吗，被妈妈发现我要挨骂的。"

雇佣兵："啊啊啊！救命啊！有人吗？我好害怕啊！"

雇佣兵（幼龙视角）："喵呜喵呜！"

幼　龙："你那么小一个，为什么声音可以这么大啊？"

雇佣兵："对不起大哥，我错了，我不该跑到你地盘晃悠的，我不是故意的，下次不敢了，你放我回去吧。"

雇佣兵（幼龙视角）："喵嗷嗷嗷！"

幼　龙："虽然听不懂，但你的叫声挺好听的。"

雇佣兵："啊啊啊！你别过来啊，别踩我，求求了！"

幼　龙："咦，怎么这么硬，人类摸起来不应该是软软的吗？"

雇佣兵："厉害啊，我的盔甲差点被戳出一个洞。"

雇佣兵（幼龙视角）："喵呜！"

幼　龙："别叫了，太犯规了。"

幼　龙："好可爱！"

幼　龙："你怎么一个人在野外啊，你的爸爸妈妈呢？你是不是和家里人走散了啊？"

雇佣兵："我错了我真的错了，我当初就不应该和隔壁老刘打赌，我要是不和隔壁老刘打赌，我就不会输得饭都吃不起，我要是没有输得饭都吃不起，我就不会报名参加屠龙勇士团，我要是没有参加屠龙勇士团，我也不会沦落到这个伤心的地方……"

**幼　龙**："嘿嘿，捡到宝了，隔壁大黑家的人类不管我怎么逗都不叫的。"

**幼　龙**："咦，你怎么不叫了？"

**雇佣兵**：（开启自闭模式）

**幼　龙**："是不是饿了呀？"


*十分钟后*

**幼　龙**："喂，喂喂，请问现在这个时间可以点餐吗？"

**店　员**："您好，我们是蜂龙专送，夜间配送费要加倍的，请问您有什么需要？"

**幼　龙**："那个，我不太清楚，人类一般喜欢吃什么啊？"

**店　员**："请问您的人类多大年龄呢？"

**幼　龙**："我看不出来，我晚上才捡到的，还没带他去人类医院检查过。"

**店　员**："是这样，人类幼崽和成年人类的食物是不一样的，您看看他的头身比例，一般来说小孩是三头身，成年人是七头身左右。"

**幼　龙**："他好像是八头身。"

**店　员**："好的，那您的人类应该是成年人类。"

**店　员**："据我们市场部调研，成年人类一般喜欢吃大米。"

**幼　龙**："那就来一箱吧，我的地址是东边那个最高的山洞旁边那个稍微小一点的山洞，门口有棵树的那个，大概多久能送到啊？"

**店　员**："预计一个小时后送达。"

**幼　龙**："行吧，麻烦跟配送员说一声，一定要看备注。"

**店　员**："喂，先生您好，这里是蜂龙专送客服，想做个售后调研，请问您给昨天凌晨下单的那笔外卖打差评的原因是什么呢?"

**幼　龙**："……"

**幼　龙**："我备注里说得明明白白！要配送员来的时候鬼鬼祟祟的，不要发出声音，结果他动静那么大！把我妈吵醒了！"

**店　员**："真的非常抱歉，我们一定会加强对配送员的培训，这里有一份代金红包作为补偿，您看您能不能……"

**幼　龙**："补偿什么！你们赔得起嘛！我妈把我养的人类给送龙了！我好不容易才捡到的！你们赔我人类呜呜呜！"

**龙妈妈：**"这么晚了，谁在敲门啊？"

**龙妈妈：**"你是不是又点了外卖？我跟你说了多少回，少吃那些垃圾食品，外卖不健康，外面买的哪有自己家里做的好，你这孩子怎么就是不听呢？"

**幼　龙：**"我不是，我没有，不是我点的！"

**龙妈妈：**"那你去看看外面是谁，我懒得动。"

**幼　龙：**"怎么又让我跑腿啊。"

**龙妈妈：**"谁给你做的饭？谁给你洗的碗？谁给你收拾的屋子？我一天到晚做那么多事，让你跑个腿你还不乐意了？"

**幼　龙：**"哦。"

*三十分钟后*

**龙妈妈：**"怎么去了这么久？"

**幼　龙：**"是隔壁大黑，妈妈，你之前不是让我少跟他玩吗？你怎么把我养的人类送到他那里去了啊？"

**龙妈妈：**"……这不是因为他养人有经验，他家那个人类养了这么久都没死，我看他挺会养的，反正家里都有一个了，再多养一个也没什么关系。他找我们干啥？"

**幼　龙：**"他说他养不了，要把人类还给我们。"

**龙妈妈：**"之前说得好好的，怎么突然又不养了？"

**幼　龙：**"他说新来的人类和原住民相处不好，两人老打架，基本上是原住民把新来的按在地上打，他去拉架他家原住民还闹脾气，哄不好的那种，今天下午晚饭都没吃就离家出走了。"

**龙妈妈：** "他家人类脾气怎么还是这么大？你去跟他说，原住民有领地意识，刚开始不适应，过两天就习惯了，不能这么惯着，趁这个机会好好教育一下那个人类。"

**幼　龙：** "我上哪儿去跟他说啊，他这段时间都不在家。"

**龙妈妈：** "不在家？"

**幼　龙：** "他要去东边的城市找他家人类，刚才背着行李路过我们门口的。"

**龙妈妈：** "……"

**龙妈妈：** "这龙没救了。"

**幼　龙：** "为什么啊？你们以前不是总说他脑袋聪明成绩好，长得壮翅膀长火焰喷得高，前途无量吗？"

**龙妈妈：** "那是以前……你这孩子怎么这么多问题？"

**幼　龙：** "还有一件事情。"

**龙妈妈：** "说。"

**幼　龙：** "我能把我洞口前面那棵树砍了给我的人类做个木床吗？"

**龙妈妈：** "你会做什么木床……等等，你又把那个人类接回来了？"

**幼　龙：** "是大黑刚才送过来的，他还送了我一车人类饲料和几件小衣服，说是买错了他家人类不要的，上面还有蕾丝花边，超可爱的！"

**龙妈妈：** "……"

**龙妈妈：** "等你爸回来你问问他，看他认不认识其他想养人的朋友。"

**幼　龙**："还是要把我的人类送走啊……"

**幼　龙**："您要是让我养他，以后我的山洞我自己收拾，碗我自己洗，不用您提醒自己磨爪子，您让我去哪里跑腿我立刻就去，好不好呀妈妈？"

**龙妈妈**："……"

**龙妈妈**："你真这么想养人？"

**幼　龙**："真的。"

**龙妈妈**："你保证不是心血来潮养一会儿又想把他扔了？"

**幼　龙**："我保证。"

**龙妈妈**："那你要训练人类定点上厕所，不能让他破坏山洞石壁，定期给他洗澡，带他去医院体检打烙印，还要教他龙族通用语，不然就别养。"

**幼　龙**："好！"

**幼　龙**："好的妈妈，没问题妈妈！谢谢妈妈，世上只有妈妈好，我爱您！"

**幼　龙**："那我现在就去给人类喂吃的啦啦啦——"

**龙妈妈**："跟你说了多少遍了，在家里跑慢点！"

**幼　龙**："啦啦啦啦啦啦啦——"（回音）

**幼　龙**："妈妈，这个字念什么啊?"

**龙妈妈**："自己查字典，坐直别驼背，书不要离眼睛这么近，还有，光线这么暗还看什么书，去开个灯。"

**幼　龙**："哦。"

**幼　龙**："噗——"（喷火）

*二十分钟后*

**幼　龙**："唉。"

**龙妈妈**："怎么了?"

**幼　龙**："我找不到合适的字。"

**龙妈妈**："让你平时多读点书……你拿着《老红龙教你给人类取名字》看什么? 考试又不考这个。"

**幼　龙**："我想从里面给我的人类挑一个名字。"

**龙妈妈**："都有些什么选项?"

**幼　龙**："我看看……'轻舞へ*飞扬''璃莹殇·安洁莉娜·樱雪羽晗灵·梦莲泪''暗夜的魅之守护者'……妈妈，人类的名字怎么都这么奇怪啊?"

**龙妈妈**："我又不是人类，我哪知道。"

**幼　龙**："妈妈，书上说人类的男名和女名不一样，怎么判断我捡的人类是男是女啊?"

**龙妈妈**："简单，男的有那什么，女的没有。"

幼　龙："嗯……女的吧。"

龙妈妈："那正好，你刚才看的都是女名，你看哪个顺眼就选哪个呗。"

幼　龙："不行，我有选择困难症。"

龙妈妈："那你参考一下隔壁大黑，他管他家人类叫什么?"

幼　龙："宝贝儿。"

龙妈妈："……"

龙妈妈："算了。"

幼　龙："怎么办啊，明天带他去医院体检要写登记表的，名字那一栏总不能空着吧。"

龙妈妈："我记得我以前看到过一种说法……你上顿吃的是什么?"

幼　龙："土豆。"

龙妈妈："那你的人类就叫土豆。"

幼　龙：?

幼　龙："我拒绝。"

龙妈妈："那你自己慢慢想，别跟我说话，我要敷面膜。"

幼　龙："哦。"


**\*十五分钟后，山洞深处\***

幼　龙："你在哪儿啊? 出来吃饭饭啦!"

雇佣兵："我×，他怎么这么快就回来了，我隧道才挖了没两块土。"

幼　龙："又找不到了，人类果然喜欢躲猫猫。"

幼　龙："玛丽莲玛丽莲! 我来找你啦，玛丽莲!"

雇佣兵：?

雇佣兵："……你叫谁?"

**龙妈妈**："回来啦？检查结果怎么样？"

**幼　龙**："嗯……"

**龙妈妈**："你怎么这副表情，人类有病？我早就跟你说过，从外面捡人有风险，你看他浑身脏兮兮的又是泥又是血的指不定有多少细菌。"

**幼　龙**："不是，他很健康，但是……"

**龙妈妈**："什么？"

**幼　龙**："医生说玛丽莲是男的。"

**龙妈妈**："啊？他不是没长那个吗？"

**幼　龙**："医生说有的男性人类天生体毛稀疏，不长胡子。"

**龙妈妈**："原来是这样。"

**幼　龙**："而且医生称体重的时候把他的皮扒下来了……哦，不是皮，是衣服，原来他的皮肤是白色的，还会变粉红，超有趣的。"

**龙妈妈**："血统检测做了吗？"

**幼　龙**："做了。"

**龙妈妈**："他有贵族血统吗？"

**幼　龙**："没有，他是东大陆和狭海①对岸的混血，是个平民。"

**龙妈妈**："果然没有，很正常，血统纯正的人类怎么会一个人

---

① 狭海：为作者虚构的地名，是位于龙世界里的海域。

在外面这么久没龙要。"

**幼　龙**："我觉得玛丽莲不太喜欢看医生，反抗得挺厉害的，叫声也很凶，还用爪……哦，不是爪子，是他的剑，把医生的手划了一道。"

**龙妈妈**："这也正常，人类都不喜欢去医院，你跟他玩的时候注意点，要让他把剑收起来，听到没有？"

**幼　龙**："我已经教育过他了，玛丽莲听得懂，他不会随便伸剑的。"

**幼　龙**："妈妈，我还想跟您商量件事。"

**龙妈妈**："说。"

**幼　龙**："能不能再给点零花钱啊？"

**龙妈妈**："我这个月不是才给了你，这才过了几天，怎么又找我要？"

**幼　龙**："我昨天给玛丽莲定制了几套衣服，都是女装，卖家不肯退定金，我想给他买新衣服，但是我已经没钱了。"

**龙妈妈**："定制？啥家庭啊敢给人定制衣服？家里有矿啊？"

**幼　龙**："可是我爸的山洞不就是金……"

**龙妈妈**："不行。"

**幼　龙**："但是医生说要给人类勤换衣服。"

**龙妈妈**："反正都是布，你之前买的那些为什么不能将就穿？买都买了，有什么不能穿的，不要挑三拣四。"

**幼　龙**："可是……"

**龙妈妈**："没有可是，你还没挣钱就这么花钱大手大脚的，这哪行，下个月零花钱减半。"

**幼　龙**："哦。"

医　生："回去以后这几天他可能会感觉四肢乏力，这是正常反应，还有可能会发烧，如果他高烧不退就给他吃这个药。"

幼　龙："好的。"

医　生："烙印一共要打三针，下一针一个月之后再来打，中途不要放他到野外去玩，以免感染上什么病毒，他现在抵抗力还很低。"

幼　龙："那什么时候能带他出门玩啊？"

医　生："三针烙印打完之后，再签订个契约，契约主要是防止走丢，当然你能牵着他最好。"

幼　龙："哦哦，我知道了。"

医　生："还有，要注意饮食搭配，营养均衡，水果可以适当吃，但不要当主食，你看他这次称体重比上次瘦了两斤……他要是胃口不好或者挑食，你就给他准备点罐头一类的。"

幼　龙："我之前问他想吃什么，他说他想喝啤酒，但是我年龄太小了买不到啤酒。"

医　生："……那你给他买奶茶试试。"

幼　龙："他怎么还没醒啊？"

医　生："第一针烙印打完都会昏睡一段时间，一般来说过几十分钟就会醒，你要是不放心就在病房多观察两小时。"

幼　龙："好的。"

幼　龙："医生，您现在忙吗？"

医　生："我有一篇论文和两个报告要写。"

幼　龙："哦哦，那我咨询您几个问题。"

医　生："你可能没听清楚，我说我有一篇……"

幼　龙："我刚翻了一下他的语言测试结果，他学习龙族通用语两周多了，词汇量才刚达到三百，是不是进度有点慢啊？"

医　生："他学习能力还行吧，学外语需要时间积累的，你别太心急。"

幼　龙："可是隔壁大黑家人类掌握的词汇量有一万二，都考过标准龙语专业八级证书了。"

医　生："三百词汇量足够应付日常交流了，你还想咋地啊，还想让他写诗啊？"

幼　龙："可是他平时都不怎么跟我聊天。"

医　生："我觉得这不是词汇量的问题。"

幼　龙："啊？"

医　生："你是不是还一直叫他玛丽莲？"

幼　龙："没有一直，有时候我也叫他的小名。"

医　生："他小名叫什么？"

幼　龙："土豆。"

医　生："……"

医　生："我看你像个土豆。"

幼　龙："啊？"

医　生："我劝你另外给他取个名字。"

幼　龙："又要取名字啊……可是人类的名字都好难记。"

医　生："会吗？"

幼　龙："你看书上写的人气男名推荐：达拉崩吧斑得贝迪卜多比鲁翁、昆图库塔卡提考特苏瓦西拉松……"

医　生："停、停一下，先别念了，你拿的什么书?"

幼　龙:"《老红龙教你给人类取名字》。"

医　生:"你这是什么书啊，害人不浅啊这本书，几几年出版的?"

幼　龙:"不知道，我从我爷爷的山洞里翻出来的。"

医　生:"赶紧把它烧了。"

幼　龙:"啊? 为什么啊?"

医　生:"算了……土豆就土豆吧，但是以后别叫他大名了。"

幼　龙:"好的，但是为什么啊?"

医　生:"没有为什么，你这孩子问题怎么这么多?"

幼　龙:"好的妈……不是，好的医生。"

医　生: ?

**幼　龙**："妈妈！过来帮帮我！妈——"

**龙妈妈**："怎么了？"

**幼　龙**："我尾巴和角收不回去，怎么办啊？"

**龙妈妈**："你没事变成人形干什么？"

**幼　龙**："医生建议我平时可以变成人形和人类玩，人类形态下我能自动掌握人类的语言，这样可以更快降低他的警戒心，提高亲密度。"

**龙妈妈**："那你上次问了医生没有，怎么教他不要挠家具？"

**幼　龙**："医生说那是他在挖地道，人类刚到陌生环境都有应激反应，等他多适应一段时间就好了。"

**龙妈妈**："他都来这儿半个多月了，怎么还没适应，作息也不规律，大半夜的不睡觉，老是对着洞口嚎，再这么下去附近邻居要投诉的。"

**幼　龙**："所以您快帮帮我啊，这个角要怎么收回去啊，烦死了这个角。"

**龙妈妈**："谁让你上课不好好听讲，这么大了变形魔法都学不会，丢不丢龙？隔壁大黑二年级就能变得妈都不识了我跟你说。"

**幼　龙**："他不是没在家吗，不然我就去问他了。"

**龙妈妈**："这么多天了，还没回来啊？"

**幼　龙**："没有，早上我去隔壁敲门，没龙答应。"

**龙妈妈**："那他家快递谁帮他收的？他家三天两头就有快递，这么多天不收得堆成什么样啊。"

**幼　龙**："我帮他收的。"

**龙妈妈**："可以，孩子懂事了，知道帮助邻居了，过来，妈妈抱抱。"

**幼　龙**："嘿嘿，没什么，反正我也喜欢开箱。"

**龙妈妈**：？

**龙妈妈**："我跟你说过多少遍不能随便翻别人的东西，你是不是又当耳旁风？"

**幼　龙**："妈妈，大黑好奇怪啊，他明明自己有尾巴，为什么还要买各种尾巴，而且型号那么小他也用不上，这是不是就叫钱多得没地方花啊？"

**龙妈妈**："那个不是给他……你不许乱拆他的快递！"

**幼　龙**："他还买了一箱玻璃球，各种颜色都有，可好看了，我上回弹着玩突然发现它们还会震动，太好玩了，我也想买。"

**龙妈妈**："……"

**龙妈妈**："你总共拆了几个快递？"

**幼　龙**："我就拆了两个，还有七个没拆，留着以后拆。"

**龙妈妈**："你拆什么！扔出去！现在立刻给我统统扔出去！听到没有！"

**幼　龙**："可是……"

**龙妈妈**："没有可是，以后不许靠近大黑的快递箱，不然你就别叫我妈！"

**幼　龙**："哦。"

**幼　龙（人类形态）：**"早上好，你睡醒了吗?"

**雇佣兵：**"……小孩子? 这种地方居然会有小孩子?"

**幼　龙（人类形态）：**"我不小了，我还有一百三十六年就成年了。"

**雇佣兵：**"……还是个脑袋有点问题的小孩子。"

**幼　龙（人类形态）：**"我脑袋没问题啊。"

**雇佣兵：**"你从哪里来的?"

**幼　龙（人类形态）：**"旁边那个大一点的山洞。"

**雇佣兵：**"不是，我的意思是，你家住哪里?"

**幼　龙（人类形态）：**"我刚才跟你说了啊，就是旁边那个大一点的山洞，出门右转往上爬一点就是，很近的。"

**雇佣兵：**"……算了，不说那些了，你爸爸妈妈呢，他们知道你在这里吗?"

**幼　龙（人类形态）：**"我爸爸这会儿在开会，我妈妈出门打麻将去了，没空管我。"

**雇佣兵：**"可恶，这些家长怎么当的，这么不负责，自己孩子丢了都不知道。"

**幼　龙（人类形态）：**"啊? 我没丢啊。"

**雇佣兵：**"本来孩子就不聪明，还不看紧点……你是被抓来的还是迷路走到这里的?"

**幼　龙（人类形态）：**"抓我? 谁敢抓我?"

**雇佣兵**："那就是迷路了……你还记得怎么原路返回吗？"

**幼　龙（人类形态）**："我都说了两遍了，你怎么还在问啊，我家离这里超近的，走过去只要两分钟。"

**雇佣兵**："……算了，你暂时跟我待一块儿吧，我叫你躲起来的时候千万别发出声音，被恶龙发现你就完了。"

**幼　龙（人类形态）**："恶龙？"

**雇佣兵**："是的，不是我吓唬你，真的有，就在这附近。"

**幼　龙（人类形态）**："我怎么从来没听说……

**幼　龙（人类形态）**："哦——我知道了。"

**雇佣兵**："你知道？"

**幼　龙（人类形态）**："她有时候是挺凶的，经常不敲门就进我的房间，零花钱给得特别少，还不许我点外卖。"

**雇佣兵**：？

**雇佣兵**："你家长心也太大了，孩子傻成这样，居然还放你一个人在外面乱跑。"

**幼　龙（人类形态）**："可是我不是人啊。"

**雇佣兵**："虽然智商是低了点，但我不允许你这么说自己。"

**幼　龙（人类形态）**："为什么啊？"

**雇佣兵**："来，到哥哥这里来，你放心，我不会让恶龙伤害你的（摸头）……咦？"

**幼　龙（人类形态）**："别停，再摸两下。"

**雇佣兵**："……等等，你头上这是什么？"

**雇佣兵**："这里怎么会有两个角？"

幼　龙："妈，我出去一会儿。"

龙妈妈："回来，刚吃完晚饭，又要跑到哪里去？"

幼　龙："去找我的人类玩。"

龙妈妈："不行。"

幼　龙："为什么啊？"

龙妈妈："为什么？你还问我为什么？下个月是我要考期末还是你要考期末？一天天的就知道玩，你看看你班上那些成绩好的哪个不是争分夺秒学习，你还有时间吸人？不许去，给我把这两套卷子写完。"

幼　龙："那我先跟他玩一会儿再回来写作业可以吗？"

龙妈妈："先写作业再玩。"

幼　龙："可是我答应今天要帮他做一套高档豪宅的，他都还没有自己的窝。"

龙妈妈："你也答应过我要考进班上前十，你考到了吗？"

幼　龙："可是人类好不容易才开始跟我说话的，要是他一生气又不理我了怎么办啊。"

龙妈妈："他如果不想说话，你就别老是去烦他，当心他挠你。"

幼　龙："不会的，他说以后都不挠我了。"

龙妈妈："真的吗？"

幼　龙："他说我看起来体型那么大一只，没想到其实是未成年龙，他说他有骑士精神，他是不会伤害未成年的，这是原则问题。"

**幼　龙**："然后我问他什么是骑士精神，他说就是保护弱小的意思，我问他那你是骑士吗，他就不理我了。"

**龙妈妈**："体型大？隔壁家大黑像你这个年龄的时候翅膀都快跟我的一样长了，你再看看你这小身板，跟你说不要挑食不要挑食……

**幼　龙**："可是妈妈，他为什么觉得我是弱小啊，因为我太矮了吗？"

**龙妈妈**："你弱什么，你一口龙息过去他可能会死，所以叫你不要吸人过度，要保持距离知不知道？"

**幼　龙**："可是隔壁家大黑天天吸人，他家人类也照样好好的啊。"

**龙妈妈**："那是他家人类身体素质好。"

**幼　龙**："他家人类为什么身体素质这么好啊？"

**龙妈妈**："因为大黑考试回回年级第一。"

**幼　龙**："啊？"

**龙妈妈**："算了，你考得到个锤子……因为他家人类打的是进口烙印。"

**幼　龙**："为什么啊？"

**龙妈妈**："因为现在市面上假冒伪劣产品到处都是，不仅质量没有保障，打完还可能对人类产生副作用，你下次带人类去医院的时候要注意看烙印外包装，狭海对岸生产的烙印有塞壬① 标志，一定要看仔细点，认准防伪标志。"

**幼　龙**："什么塞壬标志？"

**龙妈妈**："你桌上游戏包装盒上的那种。"

**幼　龙**：？

———————————

① 塞壬：别名阿刻罗伊得斯、海妖，是河神埃克罗厄斯的女儿，古希腊神话中人首鸟身的怪物。

23

**幼　龙:**"这里是客厅，这里是卧室，这里是餐厅，这里是书房……怎么样？你可以夸我，我不会害羞的。"

**雇佣兵:**"……"

**幼　龙:**"你是不是惊喜得说不出话了。"

**雇佣兵:**"……这里只有一张床和一张桌子。"

**幼　龙:**"这是一张多功能桌子，可以当餐桌、书桌，还可以当茶几。"

**雇佣兵:**"你是不是还想说这是一间多功能房间？"

**幼　龙:**"是的，如果在旁边放一个烧烤架，这里还可以是厨房，但是我建议不要在室内烧烤，可能会点燃家具。"

**雇佣兵:**"你之前说要打造一套高档豪宅，请问它'高档'在哪里？是它只有五平米还是它只有窗没有门？"

**幼　龙:**"你看它这里，它背后有一个爬架，那么高一个，还可以再往上搭。"

**雇佣兵:**"谢谢，我真的不需要爬架。"

**幼　龙:**"你真的不想试试吗？上面还挂了毛毛球和一个那么大的抓板。"

**雇佣兵:**"不了，我在这里住不惯，我还是想住我原来的房子。"

**幼　龙:**"可是你不是没有房子吗？"

**雇佣兵:**"……"

**雇佣兵:**"没有房子怎么了,你知道现在房价有多高吗?像我这样刚毕业没两年的有几个能自己买得起房子?"

**幼　龙:**"不知道,我都是住山洞的,而且为什么要买啊,不能自己修一个吗?"

**雇佣兵:**"你修一个我看看。"

**幼　龙:**"这不就是……"

**雇佣兵:**"你修一个能住人的我看看。"

**幼　龙:**"这不就能……"

**雇佣兵:**"别说了,你好歹给这张桌子配把椅子吧,还有这床腿,四条腿没一条是平的,听我一句劝,木材不会用可以捐给需要的人。"

**幼　龙:**"那是因为我时间不够,每天写完卷子都快到睡觉的点了,我这几天都是趁妈妈不注意偷偷溜出来削木头的,爪子上的鳞片都磨破了。"

**雇佣兵:**"……你不要以为我不知道你本体是头三米高的恶龙,你能不能不要这个表情?"

**幼　龙:**"你居然说我矮。我只是发育迟缓而已,我肯定还能长的,我以后再也不挑食了呜呜呜。"

**雇佣兵:**"我什么时候说你矮?"

**幼　龙:**"你就是嫌我矮所以不愿意住我修的窝呜呜呜。"

**雇佣兵:**"好了你不要哭了,搞得像是我在欺负小孩子一样。"

**幼　龙:**"呜呜呜嗝,呜呜呜。"

**雇佣兵:**"……老子住还不行。"

**幼　龙:**"耶!"

**幼　龙:**"还有最后一步,小窝外面得挂一块门牌,你等我一下,等我在上面刻五个字——

**雇佣兵：**"你要是敢刻'玛丽莲之家'我就立刻把这堆木头劈得稀烂。"

**幼　龙：**"——米奇妙妙屋。"

**雇佣兵：**？

——— 第二章 ———

# 我可以把我的金币给你

我有自己的小金库，

跟我去看看吧，

我都送给你呀！

幼　龙："你为什么不想留在这里啊?"

雇佣兵："因为我还有很重要的事情要做。"

幼　龙："什么事情啊?"

雇佣兵："挣钱。"

幼　龙："很急吗?"

雇佣兵："很急,我一秒都不想再等了,我要早日暴富,这是我一生的追求。"

幼　龙："我对人类的货币不太了解,金币算钱吗?"

雇佣兵："算。"

幼　龙："那你在这里也可以挣钱啊。"

雇佣兵："什么?"

幼　龙："我可以把我的金币给你。"

雇佣兵："你一个小孩子能有多少金币,自己留着买糖吃吧。"

幼　龙："我不喜欢吃糖,而且我妈妈每个月都会给我零花钱,我可以省着用的。"

雇佣兵："哦,那你这个月零花钱够用吗?"

幼　龙："……"

幼　龙："被我妈妈扣光了。"

雇佣兵："……扑哧。"

幼　龙："别笑了。"

雇佣兵："所以说小孩子还是要老老实实专心读书,不要学那些乱七八糟的大龙搞什么包养，只有小时候学习成绩好的龙长大了才有资本当金主知道吗。"

**幼　龙**："什么是包养啊？"

**雇佣兵**："就是……是什么你不用管，反正你现在的首要任务就是好好学习，乖乖听家长的话，以后才有机会加入龙骑士军团获得你的专属骑士，加油，我看好你。"

**幼　龙**："以后以后，什么时候才是以后啊，我不要以后，我现在就要养人。"

**雇佣兵**："那我现在就要暴富。"

**幼　龙**："不能等到下个月吗？"

**雇佣兵**："不能。"

**幼　龙**："嘤嘤……"

**雇佣兵**："别嘤了，这招已经对我不管用了。"

**幼　龙**："……"

**幼　龙**："哦哦哦！我想起来了！"

**雇佣兵**："什么？"

**幼　龙**："我前几年撞见我爸爸偷藏私房钱，他说只要我不跟妈妈告发他，就给我一点封口费。"

**雇佣兵**："都几年前的事了，你还没用完吗？"

**幼　龙**："我用了一部分，还留了一点作为自己的小金库，跟我去看看吧，我都送给你呀！"

**雇佣兵**："不用了，真的，我对小孩子的零花钱不感兴趣。"

**幼　龙**："这边，不远，马上就到了……我那时候的本体比现在小很多，还可以勉强钻进去游泳。"

**幼　龙**："就是这里，你觉得怎么样？"

**雇佣兵**：？

幼　　龙："你怎么不说话啊?"

雇佣兵:（持续震撼）

幼　　龙："你还是不愿意留下来吗?"

雇佣兵:"我不……"

幼　　龙："不听不听,你先别着急拒绝我,等我下个月考完期末,学校放假以后再到山下去帮你抢金币好吗? 我一次可以抢很多很多的。"

雇佣兵:"……不是在做梦吧?"

幼　　龙："啊?"

雇佣兵:"稍等一下。"

幼　　龙："你要干什么啊?"

雇佣兵:"转发还愿。"

雇佣兵:（双手合十）

幼　　龙："别试了,山洞里没信号。"

雇佣兵:"那给我小屋里连个 Wi-Fi,其他家具可以不要,网速一定要快。"

幼　　龙："但是上学期间我妈妈不让我连网……咦?"

幼　　龙："你同意住这里了?"

雇佣兵:"我当时跟佣兵团签的合同是外勤岗,期限六个月,他们还不包吃住不放高温假,现在就当是换个岗位打工,反正都是和龙有关的工作,我看差别也不大,这就叫不忘初心方得始终。"

幼　龙："那你之前的工作内容是什么啊？"

雇佣兵："屠……"

幼　龙：？

雇佣兵："……徒步越野。"

幼　龙："什么意思啊？"

雇佣兵："就是一群人背着长枪短炮翻山越岭跟着鬼画符一样的地图寻找传说中巨龙所在的山谷的意思。"

幼　龙："为什么要找巨龙啊？"

雇佣兵："因为……你怎么这么多问题，大人的工作很复杂的，不是简单两句话能说清楚的，大人还没有寒暑假，还不能逃避社交，所以你一定要好好珍惜校园生活。"

幼　龙："哦。"

雇佣兵："好了，晚自习时间到了，去写作业。"

幼　龙："可是我想再和你玩一会儿。"

雇佣兵："你想玩什么？"

幼　龙："只要是和你一起，玩什么都行，你想玩什么啊？"

雇佣兵："行，那就这样，我们来玩极限刷题两小时，具体玩法就是你负责刷题，我负责在旁边计时，两小时之后你要是没刷完一套卷子我们就继续。"

幼　龙：？

雇佣兵："你放心，我不会中途开溜，我会一直盯着你的，不要妄想翻答案。"

幼　龙："可是我不想……"

雇佣兵："别可是了，道理我懂，拿钱办事，天经地义，我既然选择留下来给你当家教，就要负责到底。"

幼　龙："你真的不用……"

雇佣兵："嘘，废话不多说，拿出你的试卷，我们速度开局。"

**龙妈妈：**"老师，您找我有什么事？是不是我家孩子又闯祸了？我跟他说过和同桌要友好相处，不要打架不要打架，他是不是又把他同桌的尾巴给咬了？"

**老　师：**"那倒没有，是这样，前两天不是模拟考试刚考完吗，卷子已经改完了，这次找您来主要是想谈谈这方面的事。"

**龙妈妈：**"他又退步了？肯定是因为他前段时间往家里捡了个人，非要养，我跟他说过不要花太多心思在人类身上，会影响学习，他就是不听……"

**老　师：**"他考进班上前五了。"

**龙妈妈：**"啊？"

**老　师：**"虽然总体分数确实进步了很多，我挺欣慰的，但是他这次的语文作文吧……"

**龙妈妈：**"他又没写完吗？我跟他说过拿到卷子要先看作文题目，写之前先列大纲，合理规划时间，他老是记不住……"

**老　师：**"他写完了，还差点超字数了。"

**龙妈妈：**"啊？"

**老　师：**"就是作文内容吧，稍微有点问题。"

**龙妈妈：**"他写偏题了？"

**老　师：**"也不算是偏题，我们这次考试题目是半命题作文，写《我和我的某个家庭成员》。别的孩子写的基本都是《我和我的妈妈》《我和我的爸爸》《我和我的兄弟姐妹》……只有他写的是《我和我的土豆》。"

**龙妈妈：**"啊，老师您可能不知道，土豆就是他养的那个人类。"

**老　师：**"我知道。"

**老　师：**"我还知道人类的大名叫玛丽莲，但是他不喜欢自己的名字，他很坚强，打第二针烙印的时候哼都没哼一声，你家孩子费了好大劲给他做了个窝，但他从来不喜欢进去睡，他也不喜欢给他买的衣服，花大价钱买的全扔了，反而把包装快递的麻布披身上了。"

**龙妈妈：**"确实。"

**龙妈妈：**"那老师，他这篇作文的问题具体出在哪里呢？我回去教育他。"

**老　师：**"其实作文本身倒没多大问题，把人类当作家庭成员也可以，我们一直强调以我手写我心，能体现真情实感就好。"

**龙妈妈：**"那……？"

**老　师：**"关键是他同桌，这段时间状态一直不好，老是无精打采的样子，顶着对黑眼圈，他这次写的题目是《我和我的大树》。"

**龙妈妈：**"他也养人了？"

**老　师：**"不是，大树就是字面意义上的大树，长叶子的那种。"

**龙妈妈：**"哦。"

**老　师：**"他写得也挺真情实感的，从他刚破壳那天起那棵树就长在他的山洞旁边，他才学会走路就天天给那棵树浇水，一直养到现在，那棵树已经很高大了。"

**龙妈妈:**"老师,我不太懂,这和我家孩子有什么关系吗?"

**老 师:**"直到前两周的某一天,他一觉醒来,发现那棵树被拦腰砍断了,他觉得就像是失去了一个家人一样,天天晚上对着树墩哭。"

**龙妈妈:**"所以……?"

**老 师:**"你家孩子作文里写了他给人类做家具的时候削废了好几截木头,最后原材料用完了只能到外面去找,找了半天终于发现了一棵那么粗的大树。"

**老 师:**"你猜是哪棵?"

## 14

**龙妈妈:**"等你爸下班回来，让他带着你到同桌家里去赔礼道歉。"

**幼　龙:**"您怎么不带我去啊?"

**龙妈妈:**"上次打麻将他妈妈连着给我放了好几个炮，我觉得她应该不太乐意看到我。"

**幼　龙:**"什么意思啊?"

**龙妈妈:**"你打不来麻将你不懂，反正你爸带你去就完事儿了，你知道该怎么说吧?"

**幼　龙:**"我知道。"

**幼　龙:**"但是爸爸平时回家的时候我都已经睡了啊。"

**龙妈妈:**"我跟他说了今天下班不要跟同事喝酒，要早点回来的。"

**幼　龙:**"哦。"

**龙妈妈:**"到时候见到你同桌态度好点，千万不要再去惹他，嘴巴要甜，多说谢谢对不起，世界才会了不起，懂吗?"

**幼　龙:**"好的。"

**龙妈妈:**"这次是你做得不对，以后在学校多让着点你同桌，尽量和他搞好关系，这学期评三好学生他是要投票的。"

**幼　龙:**"我尽量吧。"

**龙妈妈:**"还有，一会儿跟你爸爸说，下次跟同桌爸爸出去吃饭的时候，让你爸爸抢着买单，跟他喝酒的时候放个水，承认自己酒量拼不过，给他一个面子。"

**幼　龙**："好的。"

**幼　龙**："那您下次跟他妈妈打麻将的时候能放个水吗？"

**龙妈妈**："不可能。"

**幼　龙**："哦。"


### *同桌家*

**幼　龙**："对不起，我错了，我不该砍你的树，但是我也不知道那棵树是你的啊。"

**同　桌**："我明明在上面刻了我的名字，那么大一个！"

**幼　龙**："我以为那是到此一游的意思。"

**同　桌**："那是我自己家门口，我刻什么到此一游。"

**幼　龙**："原来是这样，是我错了，对不起对不起对不起。"

**同　桌**："别废话了，你打算怎么赔我？"

**幼　龙**："这是我用你的大树做的一把椅子，还给你。"

**同　桌**："……"

**幼　龙**："看这个纹路，看这个颜色，有没有感觉很亲切？"以后你看到它就像看到大树一样，你可以用它来那个什么，睹物思树。"

**同　桌**："你这是什么手艺啊，这椅子都是瘸腿的，放都放不平，我可怜的大树啊，你至少也要被做成一件像样的家具吧，你怎么这么命苦啊呜呜呜……"

**幼　龙**："我觉得还行吧，我的手艺也没有那么差吧。"

**同　桌**："你闭嘴！呜呜呜！"

## 15

幼　龙："你要哭到什么时候啊，你已经开始上中学了，不是五六年级的小龙了，能不能表现得成熟一点，大龙就应该有大龙的样子。"

同　桌："要你管！"

幼　龙："我们讲道理，哭能解决问题吗？哭就能让这把椅子重新变回一棵树吗？不能！哭是没有用的，所以别哭了。"

同　桌："你说得对。"

同　桌："大龙的原则是能动手就少叨叨，不如我们打一架。"

幼　龙：？

*十分钟后*

同　桌："哥、哥，别打了哥，我错了。"

幼　龙："不是，是我错了，我是来向你道歉的。"

同　桌："那你能不能放个水？"

幼　龙："怎么能那样，放水岂不是看不起你的实力，你放心，我一定会全力以赴的。"

同　桌："停、停一下，我觉得我们这样打下去也不是个办法。"

幼　龙："哦。"

同　桌："我建议这件事我们还是得想个其他方式和平解决。"

幼　龙："我以后可以把作业借给你抄。"

同　桌：？

**同　桌:**"我需要抄你作业？你去看看光荣榜上这次的年级第一是谁。"

**幼　龙:**"那你想怎么样？"

**同　桌:**"你下次带你家人类一起来当面给我道歉，我就考虑原谅你。"

**幼　龙:**"不行。"

**同　桌:**"为什么啊？"

**幼　龙:**"我家人类三针烙印没打完，医生说了，还不能带出门。"

**同　桌:**"你随便找个外出便携笼子把他放里面不行吗？"

**幼　龙:**"可是我家没有那种笼子。"

**同　桌:**"那就去找隔壁大黑借一个，他家什么都有。"

**幼　龙:**"大黑这段时间都不在家。"

**同　桌:**"那你不用把他带出来，让我到你家去吸人也可以。"

**幼　龙:**"不行。"

**同　桌:**"怎么还是不行啊？"

**幼　龙:**"因为……因为你颜色太红了，长得像个朝天椒一样，我家人类看到你就辣眼睛，你怎么鳞片这么红，你怎么长的啊。"

**同　桌:**"我当然红啊！我生下来就这么红啊！因为我本来就是红龙啊！"

**幼　龙:**"反正我家人类不能随便让别的龙吸。"

**同　桌:**"那我……那我就不给你投票。"

**幼　龙:**"不投就不投，当三好学生有什么意思，你爱当你自己去当，我懒得当。"

**幼　龙:**"还是和人类玩最有意思，你这种没有养过人的龙是不会懂的。"

**同　桌：**"……不给吸就不给吸，有什么了不起！你等着！我
一定会有人的！"

**龙妈妈:** "这周五下午你有空吗?"

**龙爸爸:** "没空,有个工作布置会。"

**龙妈妈:** "又开会?你怎么一天到晚就在开会,哪来那么多会要开?"

**龙爸爸:** "还不是为了混口饭吃嘛。"

**龙妈妈:** "推了,别去了。"

**龙爸爸:** "推不了。"

**龙妈妈:** "怎么推不了,跟你们领导请个假,就说你要给孩子开家长会,一学期就开一次,必须得去。"

**龙爸爸:** "可是我就是领导。"

**龙妈妈:** ?

**龙妈妈:** "你什么时候升的职?"

**龙爸爸:** "没多久,大概三十多年前吧。"

**龙妈妈:** "那不更好吗?你都不需要跟谁请假,直接跟他们说改个时间再开。"

**龙爸爸:** "不行,我不去主持会议的话他们接下来的工作没法开展,这次任务很紧急,大家对相关情况也很关心,不能再拖了。"

**龙妈妈:** "什么工作?"

**龙爸爸:** "新一代龙骑士军团年度总选。"

**龙妈妈:** "……"

**龙妈妈:** "你们这群龙怎么回事,吸人吸人就知道吸人,上梁不正下梁歪,你儿子现在这样都是跟你学的。"

**龙爸爸:** "不,我不是,我没有,这是董事会办公室的提议,不关我的事。"

**龙妈妈:** "那就把你发言稿给你秘书让他帮你念,反正周五的家长会你说什么都得去。"

**龙爸爸:** "你那天没空吗?为什么一定要我去啊?"

**龙妈妈:** "你还问我?"

**龙妈妈:** "孩子每次惹事哪一次不是我去帮着处理的?上次就那一回我没亲自出面,让你带他去好好认个错,结果你们怎么道的歉,把别人家孩子刺激得当晚就漫山遍野边哭边跑,弄得浑身是伤,非要捡到一个人类才肯回家,你就是这么解决问题的?"

**龙爸爸:** "最后他不是捡到了吗,我看那孩子挺高兴的,这也算是那什么,因祸得福。"

**龙妈妈:** "高兴什么,你看看他家长高兴吗?"

**龙爸爸:** "有什么不高兴的,小红从小就一心扑在学习上,也没什么别的兴趣爱好,我看他都快要学傻了,现在正好,让他有机会换换脑子。"

**龙妈妈:** "你说得好有道理。"

**龙爸爸:** "对吧。"

**龙妈妈:** "所以你周五亲自去跟他家长说。"

**龙爸爸:** "我真的不能……"

**龙妈妈:** "对了,你刚才说什么,你三十多年前就升职了?那你工资涨了多少？怎么每个月交给我的数从来没变过？"

**龙爸爸**："……不能不去当面跟孩子同桌的家长交流交流，那个什么，我得马上跟秘书联系一下，交接一下周五的工作，我现在就去！啊哈哈哈，那我先走了，老婆再见！"

## 17

**恶　魔：**"你放我走吧。"

**同　桌：**"我不，我捡到了就是我的。"

**恶　魔：**"你搞错了，我不是人。"

**同　桌：**"你明明就是。"

**恶　魔：**"不好意思，虽然长得很像，但我真的不是人，你看我头上有犄角身后有尾巴，人类没有这些配件的。"

**同　桌：**"你别骗我，大黑家的人类有时候身后也有尾巴，我亲眼看到的。"

**恶　魔：**？

**恶　魔：**"你是不是看错了？"

**同　桌：**"没看错，虽然那天晚上光线不好，但我看得清清楚楚，后来被大黑发现了告到我妈妈那里去，我还被关了两个月禁闭。"

**恶　魔：**"他那个尾巴是可以取下来的，我这个不行，有本质区别。"

**同　桌：**"我不信，除非你让我亲眼看看。"

**恶　魔：**"你有什么不信的？人类会半夜没事跑到火山口晃悠吗？人类可以一拳捏碎一块岩石吗？"

**同　桌：**"大黑家的人类就可以。"

**恶　魔：**？

**恶　魔：**"你确定大黑家那个是人类吗？"

**同　桌:**"确定啊，有体检报告的。对了，这周医生出差了，我下周再带你去体检，正好和小绿家人类一起打烙印，他说过要教我怎么识别进口烙印的。"

**恶　魔:**"不行，你不能给我打那个。"

**同　桌:**"为什么啊?"

**恶　魔:**"因为我是恶魔，我对烙印过敏。"

**同　桌:**"男人的嘴，骗人的鬼。"

**恶　魔:**"没骗你，我真的是恶魔，不信你摸摸我的角，手感和人造的完全不一样，土生土长，不是隆的，哎你……算了你别摸了。"

**同　桌:**"你不要老是动来动去。"

**恶　魔:**"好了，够了，这位先生，你可以停手了……啊!"

**同　桌:**"不好意思，我就是想试试能不能拔掉。"

**恶　魔:**"都跟你说了这是纯天然的啊!"

**同　桌:**"我知道了……唉。"

**恶　魔:**"那你现在可以放我走了吗?"

**同　桌:**"不行。"

**恶　魔:**"怎么还是不行啊?"

**同　桌:**"我话都放出去了，在全班同学面前都炫耀过了，总不可能突然跟他们说我又没得养了，这样多没有面子，我以后还要不要在学校混了。"

**恶　魔:**"那这样，你不就想养个人吗，多简单的事儿，我跑业务的时候存了上百个客户的家庭住址和联系方式，你看上哪个跟我说，我去帮你谈。"

**同　桌:**"嗯……

**恶　魔:**"我谈判能力很强的，以前还是我们部门的金牌销售员，真的，交给我没问题。"

同　桌："还是算了，我不想养人了，我还是想养你。"

恶　魔："为什么啊?"

同　桌："你的角太好了。"

恶　魔：?

## 18

雇佣兵："第一次打烙印吗？抖成这样。"

恶　魔："你、你为什么这么熟练啊？你就不害怕吗？"

雇佣兵："还好吧，我打过两次，这是最后一次了，一开始是有点疼，但是我兜里揣了一包金币，疼的时候就咬两块，有奇效。"

恶　魔："还能这样？"

雇佣兵："别抖了兄弟，忍一忍就过去了，打完对身体好，增强抵抗力的。我一开始没什么感觉，后来发现还真的挺管用，现在我不盖被子睡觉也不会着凉，一口气做三十组波比跳连气都不喘一下。"

恶　魔："大夏天谁盖被子啊？还有，我们体质不一样，我本来就不会感冒，波比跳那种小儿科算什么，我练的都是全套美丽芭蕾。"

雇佣兵："哇，这么厉害的吗？"

恶　魔："那当然，这是物种优势，你们人类羡慕不来的。"

雇佣兵："那你既然这么厉害，怎么还会被未成年龙抓到呢？"

恶　魔："……是、是他偷袭我！"

雇佣兵："是吗？"

恶　魔："我那天晚上本来高高兴兴，在火山口做原材料采集任务，吃着火锅唱着歌，突然就被拎到天上了！"

雇佣兵："你们恶魔不是有翅膀吗？"

恶　魔："有是有，但是吧，我那个什么，我……"

雇佣兵："你不会飞？"

恶　魔："我恐高。"

雇佣兵："……太惨了，兄弟。"

恶　魔："当时我就被吓晕了，中途醒了一次，想跟他说抓错了，结果他一路上都在唱歌，唱得难听声音还贼大，我吼了半天他都没听见。"

雇佣兵："他唱的什么啊？"

恶　魔："今天是个好日子。"

雇佣兵："还挺喜庆。"

恶　魔："喜庆什么，我怎么这么倒霉啊，水逆都过了我为什么还是这么倒霉啊！"

雇佣兵："我给你分享个转运博，超强锦鲤大王，佣兵群里都转疯了，亲测有效。"

雇佣兵：* 分享链接 *

恶　魔："我试试……怎么打不开。"

雇佣兵："这里信号不好，你连医生办公室的 Wi-Fi 吧。"

恶　魔："密码是什么啊？"

雇佣兵："zqsgxrshzbyd123。"

恶　魔："你怎么连这些都知道啊？"

雇佣兵："很正常，我都来这里两个多月了。"

恶　魔："你的情报收集能力还挺强，你以前干什么工作的？"

雇佣兵："本职搬砖，副业屠龙。"

恶　魔："那你跟幼龙相处这么长时间了，找到打败它们的方法了吗？"

雇佣兵："没有，这些龙就算还没成年，战斗力也不是开玩笑的，像你这样的一脚能踩死十个。"

**恶　魔:**"那你有没有发现他的什么弱点，或者什么专门克制他的东西?"

**雇佣兵:**"嗯……有一个。"

**恶　魔:**"什么?"

**雇佣兵:**"他妈。"

**恶　魔:** ?

## 19

**恶　魔:**"兄弟，那什么，跟你商量件事。"

**雇佣兵:**"你说。"

**恶　魔:**"跟我签订契约，我们一起逃跑怎么样?"

**雇佣兵:**"你这么厉害怎么不自己跑?"

**恶　魔:**"我这么跟你说吧，其实我就是个底层销售员，我们公司实行规范化管理制度，不拿到客户签字的合同就不能走流程，经费批不下来，我能力再强也没法用。"

**雇佣兵:**"用了会怎么样?"

**恶　魔:**"我要是私自动用地狱之力就相当于挪用公款，被内审部门发现后果很严重的。"

**雇佣兵:**"那如果我同意跟你合作，你是不是要拿走我的灵魂啊!"

**恶　魔:**"是的，我们支持先服务后收款，应收账款年限最高可达七十年，而且不计利息，售后服务配备私人专属客服，二十四小时在线，随时回应您的一切疑问。"

**雇佣兵:**"必须通过灵魂交易吗? 能不能换个付款方式，比如微信钱包或者支付宝。"

**恶　魔:**"这是市场部的同事年初统一制定的支付方式，我没有权限更改的。"

**雇佣兵:**"那算了吧。"

**恶　魔:**"等等，你跟我们签订契约之后，还能顺便做做公益。"

雇佣兵:"什么公益?"

恶　魔:"每天走路步数一万步以上就可以给地狱三头犬捐赠一碗狗粮。"

雇佣兵:"没兴趣。"

恶　魔:"先不要忙着拒绝,我们地狱三头犬很可爱的!马上,我这里有照片,我给你看看。"

恶　魔:*分享图片*

雇佣兵:"这是三头犬还是三头猪?"

恶　魔:"不好意思,发错了,给你看看它小时候的照片。"

恶　魔:*分享图片*

雇佣兵:"……你们到底是地狱还是养猪场?它是怎么从图二变成图一那样的?"

恶　魔:"没办法,它不爱动,整天啥事不干就光躺着,每次出门遛弯都是我们拖着它走。"

雇佣兵:"这狗怎么这样?"

恶　魔:"不过这样也好,给我们也省了不少事,它以前精力旺盛的时候最大的乐趣就是拆家。"

雇佣兵:"……我劝你们不如养只猫。"

恶　魔:"养猫?女巫才养猫。"

雇佣兵:"按东方的说法,猫还能招财,说不定你们部门养猫之后业绩就能一飞冲天。"

恶　魔:"原来是这样。"

雇佣兵:"啊,医生叫号了,我先过去了,你也收拾收拾准备上称吧。"

恶　魔:"诶?那个,等一下,你要不要再考虑一下?"

**雇佣兵:**"不用考虑了,正好小龙学校放暑假了,我还等着早点打完最后一针烙印好下山去找家小酒馆嗨一嗨。"

**恶　魔:**"可是……"

**雇佣兵:**"别可是了,加油兄弟,坚强一点,勇敢地面对疾风吧!"

## 20

**医　生**："回去让他好好休息，这两天不要洗澡，也不要沾水，注意事项跟以前一样，不用我再多重复了吧。"

**幼　龙**："嗯嗯。"

**幼　龙**："医生，您现在有空吗?"

**医　生**："我有一篇论文和两篇报告要改。"

**幼　龙**："哦哦，那我咨询您一个问题。"

**医　生**："你可能没……算了，你问吧，尽量简短一点。"

**幼　龙**："好的。"

**幼　龙**："是这样，我小升初的那个假期，我爸爸给我买了一盒教学光碟，想让我在家自学人类变形魔法。"

**医　生**："哦，那挺不错。"

**幼　龙**："后来我发现他可能买到盗版碟了，里面的内容不对，看了半天都没有老师讲解，还不能快进，我就没学了，那盒光碟就一直放在抽屉里接灰。"

**医　生**："铺垫可以跳过，简短，简短懂吧。"

**幼　龙**："后来玛丽莲不知道从哪里把那盒光碟翻出来了，他还挺感兴趣的，这段时间每天都看，还拿着个手柄坐在那儿使劲按，一坐就是好几个小时。"

**医　生**："你是担心他运动量太少，想问怎么让他多锻炼吧?这个简单，我跟你说……"

**幼　龙**："不是，放假前他就把那盒光碟又放回去了，他说他已经全流程全支线通关了，成就也解锁了，不玩了。"

医　生："……你那到底是什么光碟啊？"

幼　龙："《底特律·变人》。"

医　生：？

幼　龙："玛丽莲没得玩之后特别无聊，本来他之前一直盯着屏幕的时候，我还能趁机放下笔走会儿神，后来他没事做只盯着我看了，连我草稿打得不规范都能发现。我觉得这样下去不行，就照着光盘里的给他买了一个仿生人。"

医　生："你还买得到那种东西？"

幼　龙："购物节打折的时候领券买的，反正东西也不大，就那么大一个圆盘，会转来转去，会发光，还会自己打扫卫生。"

医　生："……你说的是不是扫地机器人？"

幼　龙："是扫地仿生人。"

医　生："……算了，你到底要问什么？"

幼　龙："那个仿生人没事就在我家到处乱转，我家山洞本来岔路就多，结果它转迷路了，到现在都没找到，太可惜了，玛丽莲还没来得及蹲在它背上被它载着到处跑呢。"

医　生："我觉得你家人类应该不会做出这种事情。"

幼　龙："扫地仿生人不见了以后，我才发现，才一两天的时间，地上就到处都是玛丽莲的头发。"

医　生："所以要勤做家务啊。"

幼　龙："医生，我想问的是，玛丽莲为什么会掉这么多毛？现在是换毛季吗？他头发每次一梳就掉好几十根，是梳子的问题吗？"

医　生："嗯……你家人类是不是很爱熬夜？"

幼　龙："是的。"

医　生："一般熬到多晚?"

幼　龙："他见过山洞凌晨四点的样子。"

医　生："哦……"

幼　龙："那现在该怎么办啊? 有什么药剂或者洗发水配方可以让他不要继续掉毛吗?"

医　生："治不了, 没救了, 等秃吧。"

幼　龙：?

# 第三章

# 没想到你家人类以前过得这么惨

你不用担心以后没人喜欢，

我看你家人类就挺喜欢你的。

医　生:"耶，稀有物种，好久没看到恶魔了，上一次看到还是在学校的标本室里。"

恶　魔:"……"

医　生:"哇，活的，还会动。"

恶　魔:"你想干什么?"

医　生:"你别紧张，就是做个例行检查，抽十几管血什么的。"

医　生:"问你件事儿，你身体自愈能力怎么样，能不能接受活体解剖?"

恶　魔:"……不能。"

医　生:"哎呀，其实很简单，我就看看内脏和血管走向，时间不会花太长的，对着内部构造画几张素描就行，我手速贼快，七分钟就能削好一根铅笔。"

恶　魔:"……"

医　生:"怎么样? 不说话我就当你默认了，谢谢谢谢，今年的一区论文有救了。"

恶　魔:"啊啊啊啊救命啊!"

医　生:"哎，你别喊，你喊什么，别人听见还以为我对你动手动脚，不答应就算了，我又不会强迫你，我这人很有职业道德的好吧。"

恶　魔:"你最好是。"

医　生："剖腹不能接受的话，你的角能不能让我做个活体切片，不用整根，切个五厘米左右就行。"

恶　魔："我的角被切掉不能重新长，你别想动我的角。"

医　生："哦。"

医　生："那尾巴……

恶　魔："尾巴也不行，尖牙也不行，翅膀更不行，你别惦记了。"

医　生："那我不拔，我给你做个牙模怎么样？我看你牙齿还挺整齐的，以前做过矫正吗？"

恶　魔："没有，天生的。"

医　生："哦，那你有智齿吗？我给你拍个片吧，我跟你说有智齿就得赶紧拔，上一号那个人类就有四颗，要不是他处在特殊生理期我肯定得给他把手术做了。"

恶　魔："生理期？"

医　生："烙印期的意思。"

恶　魔："哦。"

医　生："那现在先做牙模，来，张嘴，啊——保持这个姿势，大概几分钟就能凝固了。"

医　生："这段时间我们来测一下你的翅膀间距和长宽数值，翅膀张开，再张，使劲张……咦，你这个翅膀怎么这么小？"

恶　魔（满口牙模石膏粉）："……"

医　生："你不用说话，点头摇头就行，每天平均飞行时间有两小时吗？那一小时呢？半小时？二十分钟？"

恶　魔（满口牙模石膏粉）："……"

医　生："这样下去不行，我在标本室看到的那对恶魔翅膀是你的两倍大，趁你现在还能二次发育，赶紧加强锻炼，不然以后肌肉萎缩了就来不及了知道吗？"

**恶　魔（满口牙模石膏粉）：**"……"

**医　生：**"你别那个表情，要听医生的话，这样，我一会儿在你的诊断报告上专门列一条注意事项，让小红以后每天带你出门遛弯，距离也不用太远，就从你们家飞到火山口，绕山脊飞五圈再飞回去，一天两小时的运动量差不多就够了。"

**恶　魔（满口牙模石膏粉）：**"……"

**医　生：**"不说话我就当你默认了。"

**恶　魔（满口牙模石膏粉）：**？

**医　生：**"好了，不用谢我，现在转过去把裤子脱了，我们来量尾巴的长度和直径吧。"

**恶　魔（满口牙模石膏粉）：**（国际友好手势）

## 22

**幼　龙**："大黑终于回家了，你想和我一起到他那里去玩玩吗？"

**雇佣兵**："我去干什么？"

**幼　龙**："他家人类也回来了，你正好可以跟他聊聊天。"

**雇佣兵**："不去。"

**幼　龙**："为什么啊？"

**雇佣兵**："因为他越级碰瓷我偶像。"

**幼　龙**："啊？"

**雇佣兵**："说来话长。"

**幼　龙**："不急，你慢慢说。"

**雇佣兵**："我跟他第一次见面，他自我介绍说了自己的名字，我说那你不就跟传说中的初代龙骑士军团团长重名吗？这么巧我是他的粉丝……你猜他回我什么？"

**幼　龙**："什么？"

**雇佣兵**："他居然说，不是重名，实不相瞒，正是在下。"

**幼　龙**："然后呢？"

**雇佣兵**："我一开始以为他是在开玩笑，还配合他尬笑了两声，结果他自己不笑，还有点生气，问我有什么好笑的。"

**幼　龙**："你觉得好笑吗？"

**雇佣兵**："哪里好笑？我看上去是智商很低没有常识的样子吗？装×也要按基本法吧，初代团长至少是他太爷爷的爷爷那辈的。"

幼　龙："所以你俩就打了一架?"

雇佣兵："是他先动的手,我只是说了一句糊咖不要倒贴,他就冲过来了,让我说话注意点,嘿我这暴脾气,我会怕他?"

幼　龙："嗯嗯,打架可以,但是动作小心点,不要随便伸剑,要是把隔壁人类划伤了我们赔不起的。"

雇佣兵："我伤到他? 有没有搞错,他那次差点没把我……"

幼　龙："把你怎么样?"

雇佣兵："……"

雇佣兵："算了,没什么,其实他也没有很厉害,是我一时大意,大意了知道吧。"

幼　龙："哦! 我想起来了,大黑那次说他家人类把你按在地上打,你叫得像杀猪……"

雇佣兵："咳,别说这个了,那个什么,你刚才在说什么来着,要是伤到他我们赔不起是什么意思,他有这么值钱吗?"

幼　龙："对啊,他身价可高了,当初大黑还是小黑的时候,到人类城市去买他花了五十多车黄金,有几车还是找我爸爸借的……虽然现在听起来没那么夸张,但那可是两百多年前的物价。"

雇佣兵："两百多年前?"

幼　龙："具体是两百多少年我忘了,那时候我还没破壳,我是后来听我妈妈说的。"

雇佣兵："你是不是听错了?"

幼　龙："反正大黑把那个人类领回家之后,周围的龙都非常羡慕,三天两头跑到大黑家围观,还到处问有没有龙组队偷人。"

**幼　龙:** "后来大黑带着人类飞到隔壁国家帮他喷火去了，那些龙没办法云吸人，就都想干脆自己也整一个……再后来就有了龙骑士军团。"

**雇佣兵:** ？

## 23

幼　龙：“事情的经过就是这样。”

大　黑：“嗯……所以他还是不肯跟你一起过来吗？”

幼　龙：“他说他心态崩了，躲在木屋里不出来，连晚饭都没吃，他要是生病了怎么办啊？”

大　黑：“没事，一顿不吃饿不死人的。”

幼　龙：“真的吗？”

大　黑：“真的，而且偶尔饿一饿还能增强食欲。”

幼　龙：“可是我敲门的时候还听见你问你家人类是不是又饿了，不把他喂饱可不行什么的。”

大　黑：“……”

大　黑：“啊，那个什么，你吃点水果吗？火龙果要吗？”

幼　龙：“我吃不下。”

大　黑：“你不要太担心，玛丽莲不会有事的，他不想吃饭你不用陪他。”

幼　龙：“不是，我现在真的吃不下，刚才晚饭吃太撑了。”

大　黑：“……哦。”

幼　龙：“我还是不放心玛丽莲，他整天闷在家里会不会变成那个……医生以前说过的那个……肥宅啊？”

大　黑：“应该不会，他现在不是烙印打完了嘛，你趁假期有空多带他出去走走。”

幼　龙：“你一般带你家人类去什么地方啊？”

**大　黑**："也没什么特别的地方，最近哪里比较热门就过去打个卡，我给你看看我们这次去的几个景点……这个塔楼还挺好玩的，你只要在楼下大喊一声'莴苣莴苣把你的头发垂下来'，就会有工作人员在窗口把头发扔下来让你爬上去。"

**幼　龙**："上去之后呢？"

**大　黑**："工作人员会跟你进行一段对白，大致是说她从小被一个女巫囚禁，请你帮助她逃走，把工作人员送走之后她就下班了，塔楼就被我们包场了。"

**幼　龙**："哇。"

**大　黑**："房间布置得还挺不错，各种生活必需品都有，就是半夜有另一个工作人员骑着扫把一直在窗外砸个不停，可能是什么配套项目吧，我觉得她表演得挺真实的，各种魔法攻击特别卖力，但我家人类不太喜欢，嫌她弄出来的爆炸声效太吵。"

**幼　龙**："太棒了吧，价格贵吗？"

**大　黑**："这个地方可能还处于试营业阶段，我们那次去是免费的。"

**幼　龙**："那我下次带我家人类去看看……咦，这是什么啊？锁链？"

**大　黑**："你看错了，那个是、是跑步手环，我给你看看别的，有家餐厅味道还……"

**幼　龙**："还有这张，你为什么要把你家人类手环的另一侧挂在墙上，这样他还怎么跑步啊？"

**大　黑**："……好了，手机给我，下次我给你看哪张照片你用眼睛看就行了，不要用手划来划去，好吗？"

**幼　龙:** "好的，但是为什么啊?"

**大　黑:** "因为……因为我手机屏幕漏电。"

**幼　龙:** !

## 24

**女巫 A：** "姐妹，出什么事了？"

**女巫 B：** "我的阁楼！"

**女巫 A：** "阁楼怎么了，房贷还不上了？"

**女巫 B：** "不知道哪个蠢蛋把我阁楼周围的屏障搞没了，还拍照发到网上，现在一堆傻×天天在我家楼下自拍打卡。"

**女巫 A：** "你随便丢几个燃烧弹下去炸一炸呗。"

**女巫 B：** "没了，用光了。"

**女巫 A：** "啊？"

**女巫 A：** "你双十一的时候怎么不多买点，不知道搞活动有满减吗？你没领我分享给你的券？"

**女巫 B：** "领了，我当时囤了五箱。"

**女巫 A：** "那你怎么用得这么快，你没事就炸着玩看烟花吗？"

**女巫 B：** "说起烟花，大半夜也有蠢蛋在我家楼下搭帐篷，说是大众点评上查到这里有烟花秀。"

**女巫 A：** "什么情况，这些人怎么举止这么反常……他们不会是那个什么便衣骑士，被国王派来打探情报的吧？"

**女巫 B：** "有什么好打探的。"

**女巫 A：** "他女儿不是在你这里吗？"

**女巫 B：** "没了，不在了。"

**女巫 A：** "啊？"

**女巫 A：** "你年方二八如花似玉心肝宝贝娇娇女儿居然又跑了，

这次又是因为什么？"

**女巫 B**："还不是因为追星。"

**女巫 A**："那个语速贼快的吟游歌手？她上次不是已经去过他的巡演了，还坐的第一排神席。"

**女巫 B**："这次不是追他，是龙骑士军团的总选。"

**女巫 A**："哦，我听说过，龙骑练习生？"

**女巫 B**："那是上一届，现在老一辈要集体退休了，这次办的是龙骑 101。"

**女巫 A**："有什么差别吗？"

**女巫 B**："导师不一样，据说这次节目制作人请到了初代龙骑士军团的团长。"

**女巫 A**："天啊，真的假的？"

**女巫 B**："百分之八十是真的，现在还没官宣，业内朋友告诉我的。"

**女巫 A**："那你为什么不让你女儿去，那可是传说中的初代，他都多久不营业了，机会难得，你那个朋友搞得到舞台公演内场票吗？给我也整一个。"

**女巫 B**："我女儿见到偶像那个疯狂程度你又不是不知道，上次看吟游诗人演唱会就冲到台上强行挂在别人身上求合影，结果被教会大佬一道圣光打得三个月不能下床，刚拆了石膏又想去现场，她能不能给我这个老母亲省点心？"

**女巫 A**："教会大佬那是刚从战场下来，火气旺，但是初代团长脾气应该还挺好吧。"

**女巫 B**："那都是官方给他的人设，业内朋友跟我说他私底下完全是另一个人。"

**女巫 A**："啊，原来是这样。"

**女巫 B:** "而且他既然要去，他的龙肯定也要去。你能想象黑死神看到我女儿挂在他家人类身上撕心裂肺叫他老公会是什么反应吗?"

**女巫 A:** "……"

**女巫 A:** "别说了，姐妹，我现在就陪你去贴寻人启事吧。"

## 25

**同　桌**："阿姨好。"

**幼龙妈妈**："小红来啦？快进来快进来。"

**同　桌**："小绿在家吗？我带我家恶魔过来玩。"

**幼龙妈妈**："他和玛丽莲在书房玩拼图……哎呀你这孩子，这么客气干什么，来就来吧，还带这么多水果。"

**同　桌**："不是，阿姨，那是给我家草莓带的，他喜欢吃零食。"

**幼龙妈妈**："草莓？"

**同　桌**："我家恶魔的名字。"

**幼龙妈妈**："……"

**幼龙妈妈**："你这个名字取得，还真挺、挺别致的啊。"

**同　桌**："谢谢阿姨，是小绿教我的，他说可以用我上一顿吃的食物给他取名。"

**幼龙妈妈**："那你家恶魔现在在哪儿呢？"

**同　桌**："在这里。"（拎）

**幼龙妈妈**：？

**恶　魔（蝙蝠形态）**："呼噜……"

**幼龙妈妈**："哎呀，他怎么这个样子啊？"

**同　桌**："这几天的飞行练习他有点不适应，换成这个形态调养一下身体。"

**幼龙妈妈**："我是问他怎么原型是个蝙蝠，恶魔不应该都是蛇吗?"

**同　桌:**"这个不是一般的蝙蝠,这是恶魔蝙蝠。"

**幼龙妈妈:**"行吧,阿姨不喜欢养这些,也不太懂,阿姨不打扰你们了,有什么需要的就叫阿姨,好好玩。"

*书房*

**幼　龙:**"嘘,小点声。"

**同　桌:**"你怎么一个龙在玩,你家人类呢?"

**幼　龙:**"他在那边睡觉。"

**同　桌:**"他为什么不过来一起玩?"

**幼　龙:**"我怎么知道,一开始我们拼得好好的,都拼到一大半了,我跟他说这是隔壁大黑送来的他家人类以前用过的拼图,他就不玩了。"

**同　桌:**"为什么啊?"

**幼　龙:**"可能他觉得这幅拼图已经被完成过,没什么挑战性吧,我下次给他买个新的。"

**同　桌:**"原来是这样。"

**幼　龙:**"你家恶魔怎么也在睡啊。"

**同　桌:**"正常,他都睡了一路了,他这段时间运动量太大了,特别缺觉。"

**幼　龙:**"大黑家的人类也这样,好多次我去找大黑,他都说他家人类还在睡觉,我问他为什么都下午了还没起床,大黑也是说他运动量太大了。"

**同　桌:**"是吧,就只有你家人类缺乏锻炼,要不要晚上跟我们一起去夜飞?"

**幼　龙:**"不去。"

同　桌："为什么啊?"

幼　龙："玛丽莲又不会飞。"

同　桌："有什么关系，你可以让他坐在你头上，你载着他飞。"

幼　龙："那他锻炼到什么了，这和坐在家里看电视有什么区别吗？你是不是傻。"

同　桌："……对哦。"

## 26

**雇佣兵**："你能不能小点声?"

**幼　龙**："我找不到这块拼图。"

**雇佣兵**："哪块?"

**幼　龙**："中间那边,我试了好多块都拼不上。"

**雇佣兵**："我看看……你拿一堆蓝色的块块去拼树当然不行,用那边那几块绿的。"

**幼　龙**："为什么不行啊,小红之前画的树就是蓝色的。"

**雇佣兵**：?

**幼　龙**："他说蓝色代表忧郁。"

**雇佣兵**："……"

**雇佣兵**："说起这个,上次你砍他植物宠物的事情,跟他好好道歉没有?"

**幼　龙**："已经打……道歉了。"

**雇佣兵**："行吧。"

**幼　龙**："那我继续拼了。"

*三分钟后*

**幼　龙**："还是不对啊,绿色的块块拼完大树,再用来拼龙就不够了。"

**雇佣兵**："你看一眼盒子封面,这幅拼图的题目是《红龙的山谷》。"

幼　龙："可是我不喜欢红龙，红龙难看死了。"

雇佣兵："会吗？我觉得还挺好看，你同桌的颜色就挺喜庆的，跑来跑去像个大灯笼一样。"

幼　龙："……"

幼　龙："他放屁超臭！"

雇佣兵：？

幼　龙："他不吃蔬菜还便秘！"

雇佣兵："我不想知道这个……"

幼　龙："他吃完午饭不刷牙，被他妈妈打了！"

雇佣兵："好，够了，停一下，闭嘴拼你的图。"

幼　龙："哼，我就要用绿色拼龙，红色拼树。"

雇佣兵："可以，都行。"

幼　龙："这幅拼图现在正式改名为《绿龙的枫叶山谷》。"

雇佣兵："……你开心就好。"

幼　龙：（把拼图拨得到处都是）稀里哗啦，稀里哗啦。

雇佣兵："你能不能回你自己房间去玩？"

幼　龙："我不。"

雇佣兵："暑假作业做了多少了？还有时间在这里玩？"

幼　龙："不着急，开学前肯定能做完。"

雇佣兵："你拉倒吧，你是不是打算和小红一龙做一半，然后开学前两天互相抄。"

幼　龙："……你怎么知道啊？"

雇佣兵："昨天在书房我没睡着，听到的。"

幼　龙："我们那时候不是没变成人形吗，你的龙族通用语什么时候这么好了。"

雇佣兵："一般般吧。"

**幼　龙**："哇，你掌握的词汇量肯定达到五千了，听力又这么好，要是考龙语四级肯定能一次过，你怎么这么厉害啊。"

**雇佣兵**："谢谢，拍马屁没用，请你独立行走，不要倒贴班级优等生，知道吗?"

**幼　龙**："什么意思啊?"

**雇佣兵**："自己的作业自己做的意思。"

**幼　龙**："哦。"

## 27

**酒馆老板:**"好久没看到你了,这几个月在忙什么?连过来喝杯酒的时间都没有?"

**雇佣兵:**"二十四小时在线陪聊。"

**酒馆老板:**"你们佣兵团还接这种生意?业务范围还挺广的哈。"

**雇佣兵:**"不是,和佣兵团没关系。"

**酒馆老板:**"哦,原来是出来赚外快。"

**雇佣兵:**"这么说也行。"

**酒馆老板:**"喝点什么?"

**雇佣兵:**"贵的。"

**酒馆老板:**"多贵的?"

**雇佣兵:**"82 年拉菲那种价位的。"

**酒馆老板:** ?

**酒馆老板:**"没有那种东西,我们走的是平价亲民轻奢路线。"

**雇佣兵:**"那算了,来杯麦芽啤酒。"

**酒馆老板:**"我们当季新品辣酱炸鸡要不要试一下?绝佳啤酒搭档……咦,那边有个小孩在跟你招手。"

**雇佣兵:**"什么小孩……我去,你们不是不让未成年进店的吗?"

**酒馆老板:**"我们是不让非会员进店。"

**雇佣兵:**"申请会员的条件不是要求成年吗?"

**酒馆老板:**"其实一次性充值我们白金年卡也是可以成为会员的,如果再继续充 1888 元还能升级到钻石 VIP,我们是老熟人，给你打个友情价，充 888 元就可以，怎么样?"

**雇佣兵:** "不怎么样，你不去拦着吗? 小孩喝什么酒。"

**酒馆老板:** "我们这里也有儿童套餐，还送正版乐高积木玩具。"

**雇佣兵:** ?

**酒馆老板:** "你是不是跟那个孩子认识啊，不会是你女儿吧?"

**雇佣兵:** "是个女……你什么眼神，那是个男的。"

**酒馆老板:** "可是他穿的不是和平之春①吗?"

**雇佣兵:** "那是给我……算了，他穿什么关你什么事。"

**酒馆老板:** "你说得对，那可是尊贵的白金会员，穿个小裙子怎么了?"

**\*十分钟后\***

**幼 龙:** "玛丽莲玛丽莲!"

**雇佣兵:** "跟你说了不要那么叫我，你跑出来干什么?"

**幼 龙:** "你一个人出门我不放心，医生专门提醒过的，遛人不牵人，小心人偷人。"

**雇佣兵:** "……什么乱七八糟的。"

**幼 龙:** "就是外面很危险，到处都有人贩子的意思。"

**雇佣兵:** "人贩子脑袋进屎才会招惹佣兵……你怎么突然穿这个啊?"

**幼 龙:** "我妈妈说我之前买的那些人类衣服再不找机会穿就要过季了，你又不想穿，我只能自己穿了。"

**雇佣兵:** "你之前买了那么多，怎么可能穿得完。"

**幼 龙:** "所以你要不要一起……"

---

① 和平之春: 日本洛丽塔风格的服装品牌名。

**雇佣兵:**"想都别想。"

**幼　龙:**"哦。"

**雇佣兵:**"你以后也别再穿了。"

**幼　龙:**"为什么啊?"

**雇佣兵:**"没有为什么,你怎么这么多问题,买那么多套餐吃得完吗?"

**幼　龙:**"我不是想吃,我是想要那个玩具……为什么不能穿这个啊,你不觉得这些衣服很可爱吗,我当时挑了好久的。"

**雇佣兵:**"……"

**幼　龙:**"我知道了。"

**雇佣兵:**"……可爱,贼可爱,行了吧? 快点吃,吃不完打包,浪费食物你妈回家又要教育你。"

**幼　龙:**"耶!"

## 28

路　人："小妹妹，怎么一个人在这里玩啊?"

幼　龙："我不是小妹妹，我是……"

路　人："好好好，不是小妹妹，是美少女，可以吧。"

幼　龙："啊?"

路　人："小裙子真好看，很衬你的肤色。"

幼　龙："谢谢，我也这么觉得。"

路　人："你家大人呢?"

幼　龙："他刚才去上厕所了，一会儿就回来。"

路　人："别骗我了，你这桌上全是儿童套餐，你这种有钱人家的孩子我见多了，其实你是瞒着你家大人自己偷偷溜出来的吧?"

幼　龙："嗯……这么说也没错。"

路　人："你在写什么呢?"

幼　龙："报名表，刚才有个发传单的姐姐发给我的。"

路　人："这上面写的什么啊，什么乱七八糟的鬼画符，看都看不懂。"

幼　龙："这是龙族通用语，印刷体和手写体差别本来就有点大，肯定不是我字丑的问题，老师都表扬过我这学期书写有进步的。"

路　人："你还会龙族文字? 真厉害，一看就是有钱人家的小孩。"

**幼　龙:** "一般般吧，也不是很有钱，和隔壁大黑比起来只能算中产。"

**路　人:** "别写了，发传单的人都走了，你填这么认真，填完了也没人来收啊。"

**幼　龙:** "不需要别人来收，我爸爸教过我，可以直接启动右下角这个传送法阵，把文件发给指定接收单位。"

**路　人:** "什么意思?"

**幼　龙:** "马上，我填完了给你演示。"

**幼　龙:** "咻——看到没有? 就是这么简单。"

**路　人:** "我去，纸呢? 刚才还在这里的纸呢?"

**幼　龙:** "传送走了啊。"

**路　人:** "你家长是不是送你去学过魔术啊?"

**幼　龙:** "不是魔术，是魔法。"

**路　人:** "……行吧，你是美少女，你说什么都对。"

**幼　龙:** "啊?"

**路　人:** "我去，纸怎么又回来了?"

**幼　龙:** "那边只要复印件，不要原件，复印完了就给我发回来了。"

**路　人:** (起立鼓掌) 这魔术还带剧情的……咦，这几个字我都认识，这好像不是龙族文字吧。"

**幼　龙:** "这一栏是用来填姓名的，人类简历当然要填人类文字。"

**路　人:** "原来你叫这个名字，真好听。"

**路　人:** "玛丽莲，要不要到叔叔家里去玩，叔叔给你看个宝贝……"

**幼　龙:** "不是，你搞错了，我不叫玛丽莲。"

路　人："那谁叫玛丽莲?"

幼　龙："他。"

路　人："谁?"

幼　龙："你背后。"

路　人：?

路　人："你这人怎么回事，鬼鬼祟祟的，怎么偷听别人聊天啊?"

雇佣兵："不好意思，刚才你叫他去你家看什么宝贝来着?"

路　人："关、关你什么事!"

雇佣兵："唉，别急着走啊。"

路　人："让开，别拦着我! 你，你想干什么?"

雇佣兵："我也想给你看个大宝贝。"（拔剑）

## 29

**幼　龙：**"我们能不能回那家小酒馆一趟啊？"

**雇佣兵：**"回去干什么？"

**幼　龙：**"刚才走得太急，我有东西拿掉了。"

**雇佣兵：**"什么东西？"

**幼　龙：**"打包的蛋挞和紫薯球，还有玩具积木、报……"

**雇佣兵：**"不准去，以后你不许再去那个地方了，听到没有？"

**幼　龙：**"为什么啊？"

**雇佣兵：**"没有为什么，以后不要随便和陌生人说话，如果有人要强行拉你跟他走，你就咬……你就喷火烧他，知道吗？"

**幼　龙：**"可是老师说我们要爱护人类，不能虐待……"

**雇佣兵：**"你们老师还说不许抄作业。"

**幼　龙：**"哦。"

**幼　龙：**"那你以后能不能不要跟人打架啊？"

**雇佣兵：**"不能。"

**雇佣兵：**"刚才那样的不叫打架，打得有来有回的才叫打架，刚才那种程度只能叫单方面教做人。"

**幼　龙：**"那你为什么教到一半就跑了啊？"

**雇佣兵：**"因为他认出了我的脸……佣兵团的眼线怎么到处都是。"

**幼　龙：**"眼线？什么眼线？我妈妈用的那种纪梵希眼线笔吗？"

**雇佣兵：**"……不是。"

幼　龙："那是什么啊?"

雇佣兵："就是会跟佣兵团打小报告，让他们过来把我抓走的那种。"

幼　龙：（惊恐）

幼　龙："他们为什么要抓你啊?"

雇佣兵："因为我小时候上学抄作业、上课开小差，还和同学打架、晚上睡觉踢被子、只吃肉不吃蔬菜水果。"

幼　龙：（持续惊恐）

雇佣兵："好了，别震惊了，其实是因为我当年跟他们签的合同是终身制的，俗称卖身契。"

幼　龙："你为什么要跟他们签啊?"

雇佣兵："年纪太小，没遭到过社会的毒打，佣兵团长又特别会忽悠，跟我说行业发展前景广阔，他们团的市场占有率大，有望吞并其他几个小型组织成为寡头垄断方，他看我身强力壮又能打，要把我列为重点培养对象，只要我出任务积极，升职加薪出任副团长坐拥小金库走上人生巅峰指日可待。"

幼　龙："哇，这么棒的嘛!"

雇佣兵："这个老头子坏得很，我信了他的鬼话，入职两年他连五险一金都不给我交，一天年假都不给我放，也不给报销装备维修费和车船票……你以后找工作尽量趁校招季签三方，让学校帮你把把关，不要傻乎乎的被万恶的资本家骗了，这是血与泪的教训，你一定要记住，知道吗?"

幼　龙："可是我爸爸让我毕业之后直接进他的公司当高管。"

雇佣兵："……"

雇佣兵："当我没说。"

## 30

**大　黑**："你家人类今天怎么又没跟你一起过来，他还在心情不好拒绝吃饭吗？"

**幼　龙**："没有，夏天到了，他胃口挺好的，下午我们还跑到小红家附近去吃了一顿烧烤，玛丽莲烤的小牛排超级好吃，纹理也烤得很漂亮，我给你看看照片。"

**幼　龙**：＊分享图片＊

**大　黑**："你家人类镜头感不错，就是这张侧面有点糊……牛排呢？"

**幼　龙**："哦，不好意思发错了，刚才那张是我的偷拍。"

**幼　龙**：＊分享图片＊

**大　黑**："可以，自助烧烤感觉还挺有意思的，下次你们要去的时候叫上我们。"

**幼　龙**："还是不要一起了吧，我觉得玛丽莲有点怕他。"

**大　黑**："怕谁？我家小咪？怎么可能，他那么温柔善良，简直就是人间行走的小天使，他有什么可怕的。"

**幼　龙**："你敢当着他的面这么叫他吗？"

**大　黑**："……"

**大　黑**："他就在隔壁看电视，我们说话小点声。"

**幼　龙**："好的。"

**大　黑**："算了，我还是把门关上吧。"

**幼　龙**："你家人类平时离家出走的时候，一般喜欢去什么地方啊，我突然发现人类城市有好多地方都挺危险的。"

**大　黑**："他也没有经常离家出走……怎么了，遇到什么事了吗？"

**幼　龙**："遇到了一个会打小报告的眼线，玛丽莲很生气，把剑架在他脖子上，还把他吓哭了。"

**大　黑**：？

*十分钟后*

**幼　龙**："事情的经过就是这样。"

**大　黑**："没想到你家人类以前过得这么惨……你出门随便捡个人，竟然还意外解救了一个误入传销组织的大好青年。"

**幼　龙**："什么是传销组织啊？"

**大　黑**："就是……反正就是人类中有问题的那部分，如果你以后在人类城市遇到不怀好意跟你搭讪，强行拉你跟他走的人，你就……"

**幼　龙**："我知道，喷火烧他。"

**大　黑**："真聪明。"

**幼　龙**："是玛丽莲教我的，但是这样算不算虐待人类啊？老师说会虐待人类的龙都是有暴力倾向的龙，以后没人会喜欢的。"

**大　黑**："那不叫虐待人类，那叫……"

**幼　龙**："我知道，叫为民除害。"

**大　黑**："又是玛丽莲教你的？"

**幼　龙**："是的。"

**大　黑**："……你不用担心以后没人喜欢，我看你家人类就挺喜欢你的。"

**幼　龙**："真、真的吗？"

───── 第四章 ─────

# 玛丽莲，你要出道了

这几块大的写——龙厂之光玛丽莲、

舞剑妖精玛丽莲、

能打能扛玛丽莲；

这几块小的就简单点，字少点，加个爱心符号，

像这样——土豆。

## 31

**幼　龙**："妈妈，番茄炒蛋是先放番茄还是先放蛋啊?"

**龙妈妈**："先炒蛋，把蛋捞出来再炒番茄。"

**幼　龙**："为什么不能一起炒啊?"

**龙妈妈**："没有为什么，这不是有菜谱吗，你就老老实实按着菜谱做。"

**幼　龙**："哦。"

**幼　龙**："妈妈，适量清水是多少啊?"

**龙妈妈**："就是差不多看着合适的意思。"

**幼　龙**："多少是合适啊?"

**龙妈妈**："就是大概放那么多够了，你觉得可以了就行，也不用太精确。"

**幼　龙**："放多少算够了啊?"

**龙妈妈**："就是刚刚淹过一小半番茄左右。"

**幼　龙**："一小半是多少啊，是很小很小的一小半还是接近一半的一小半啊?"

**龙妈妈**："……"

**龙妈妈**："你让开，把锅铲给我。"

**幼　龙**："不行，我要自己来，这是我专门给玛丽莲做的。"

**龙妈妈**："你不是上个月才给他买了几箱罐头吗，这么快就吃完了?"

**幼　龙**："没有，但是外面买的和自己亲手做的又不一样，当然是自己家里做的更好。"

**龙妈妈：** "行，记住你今天说的话，以后不许再点外卖。"

**幼　龙：** "可是……"

**龙妈妈：** "没有可是，你看你这个番茄切的，什么乱七八糟的，一块大一块小的，给我倒回去重新切。"

**幼　龙：** "可是菜谱上没说要切多大啊。"

**龙妈妈：** "你估计一下玛丽莲的嘴有多大，切成他差不多一口能吃进去的大小。"

**幼　龙：** "原来是这样，我懂了。"

### ＊十分钟后＊

**龙妈妈：** "你跑哪儿去了？锅里的水都要烧干了，还在跑东跑西。"

**幼　龙：** "我在找创口贴。"

**龙妈妈：** "你切到爪子了？"

**幼　龙：** "没有。"

**龙妈妈：** "那你被热油溅到了？"

**幼　龙：** "没有，我刚才被玛丽莲咬了。"

**龙妈妈：** ？

**龙妈妈：** "你是不是一天到晚皮痒欠收拾，好好的又去惹他干什么？"

**幼　龙：** "我没惹他，我只是往他嘴里塞生番茄，我切了八种不同大小，结果塞到第五块他就不配合了。"

**龙妈妈：** "……算了，中午你就给他开两个罐头，把那两盒小龙虾加热一下，再不吃当心过期。"

**幼　龙：** "不，我要自己做，上次我们去吃烧烤，玛丽莲笑我连烤串蘑菇都会烤糊，吃了小红烤的鸡翅但就是不肯吃我的，我回来之后认认真真准备了一个多星期，这次一定要向玛丽莲证明我的厨艺。"

**龙妈妈：**"你有啥厨……行吧，愿意主动学习总是好事，你怎么准备的?"

**幼　龙：**"我看了三十多集《中华小当家》。"

**龙妈妈：** ?

## 32

幼　龙："当当当当!"

雇佣兵："这是什么?"

幼　龙："番茄鸡蛋口味的小龙虾，我自创的，怎么样，是不是一看就很有食欲?"

雇佣兵：?

幼　龙："不知道哪个步骤出了问题，本来我揭开盖子的时候它应该发光的。"

雇佣兵："都跟你说了动画片是假的，并没有那种东西好吧。"

幼　龙：（不敢置信）

幼　龙："我之前试了好多好多次，怎么会这样，我再也不想学做菜了。"

雇佣兵："……不是，也不一定，那什么，你不要灰心，要有屡败屡战的精神。"

幼　龙："你说得对，我接下来要开始挑战《食戟之灵》①。"

雇佣兵：?

幼　龙："你觉得味道怎么样? 我往十三香底料里加了好多番茄酱。"

雇佣兵："……还挺有创意的。"

幼　龙："你怎么不剥了? 是不是嫌麻烦，要不要我帮你剥?"

①《食戟之灵》是由日本集英社出版，附由祐斗原作，佐伯俊作画的校园料理漫画。

**雇佣兵**："不不不，不用，我自己来。"

**幼　龙**："没关系，我速度很快的，你看我的爪子，多适合剥壳。"

**雇佣兵**："真的不用，停一下，可以了，那个什么，其实剥壳也是吃小龙虾的一个重要环节，我想自己体会这份乐趣，能理解吗？"

**幼　龙**："哦。"

**雇佣兵**："你看这个小龙虾长得，这个虾尾，这个虾脚，一条一条的。"

**幼　龙**："小龙虾不都长这样吗……你别光看啊。"

**雇佣兵**："那个，等等，是不是有人在敲门？"

**幼　龙**："有吗？"

**雇佣兵**："我刚刚听到了。"

**幼　龙**："好像是，我去看看。"

**雇佣兵**："不不不，你坐着，你做饭辛苦了，我去开门。"


### ＊十分钟后＊

**幼　龙**："你怎么才回来啊，小龙虾快冷了，要不要我去给你热一下。"

**雇佣兵**："不用不用，我已经吃饱了。"

**幼　龙**："你饭量怎么突然变得这么小啊，其实我还给你做了鱼香味的糯米小布丁，你要不要吃几个饭后甜点。"

**雇佣兵**："……不了，我减肥。"

**幼　龙**："你又不胖，为什么要减肥啊？"

**雇佣兵**："因为……那个，刚才门口是个快递小哥，有你的包裹。"

幼　龙："我的？我最近没买东西啊。"

雇佣兵："先拆开看看再说。"

幼　龙："好耶，我最喜欢拆快递了，你看我的爪子，多适合拆快递。"

幼　龙：* 嘶拉嘶拉 *

雇佣兵："这什么……入场证、海选合格通知单、报道手册……咦？上面怎么有我的名字？"

幼　龙：！

幼　龙：（原地起飞）"玛丽莲玛丽莲！你要出道了！"

雇佣兵：？

## 33

**初代团长**:"躲什么？看到节目制作人不问好？"

**雇佣兵**:"……"

**初代团长**:"怎么不说话？"

**雇佣兵**:"……"

**初代团长**:"你别缩着头啊，上次在我家不是还让我给你等着吗，拿出那天的气势，给我点颜色看看啊。"

**雇佣兵**:"……"

**初代团长**:"不是说再见到我要把我打得满地爬吗，正好我这会儿有空，过两招？"

**雇佣兵**:"……"

**初代团长**:"实不相瞒，我时间很宝贵的，平时别人想跟我见一面都见不到，采访安排都要提前两年预约。"

**雇佣兵**:"……"

**初代团长**:"之前大黑邀请小绿三次，你都不肯露面，这么会耍大牌，可以，怪不得在你眼里我都是个糊咖。"

**雇佣兵**:"……"

**初代团长**:"本来你是不符合入选条件的，你连骑士都不是，报名资格都没有，这次是看在小绿的份上给你开的后门，要珍惜这个机会，好好表现，知道吗？"

**雇佣兵**:"……"

**初代团长**:"赛制还是很激烈的，末位淘汰，你一个野路子佣兵，要跟科班出身的皇家骑士同台竞技，估计撑不过前两轮。"

**雇佣兵:** "……"

**初代团长:** "但是你放心，就算你吸不到粉、人气惨淡，小绿也会帮你刷票的，至少能保你进入决赛，决赛那天是在王城全过程直播，你没事可以提前去熟悉一下场地，免得到时候输得太难看。"

**雇佣兵:** "……"

**初代团长:** "小绿说你喜欢吃罐头，这个饮食习惯肯定不行，从现在开始只能吃健身餐，你看看你这个胳膊、这个腿，肌肉线条还不够流畅，以后每天举铁三个半小时。"

**雇佣兵:** "……"

**初代团长:** "怎么不回话，你有意见？有意见就再加半小时，不服打一架。"

**雇佣兵:** "……"

**初代团长:** "你能不能抬头看人？"

**雇佣兵:** "……"

**初代团长:** "喂？你在听吗？"

**雇佣兵:** "……"

**初代团长:** ？


\* 隔壁房间 \*

**幼　龙:** "他们怎么还没聊完啊。"

**大　黑:** "可能小咪在跟玛丽莲交流经验吧，他是过来人，有他指导，玛丽莲肯定不会有问题的。"

**幼　龙:** "我不是担心这个，比赛算什么，还有哪个参赛选手比得上我家玛丽莲。"

**大　黑**："……可以，很自信。"

**幼　龙**："我是说让他们单独待在一起真的好吗，上次你不是说他们一见面就打架，你拉都拉不住……"

**大　黑**："小咪从来不会欺负人，只要玛丽莲不对他动手，他们打不起来。"

**幼　龙**："真的吗?"

**大　黑**："那当然，我家人类我还不清楚吗?"

**初代团长（探头）**："咳……"

**大　黑**："怎么了宝贝?"

**幼　龙**："嗨!"

**初代团长**："你好你好，那个，是这样，我刚才发现……玛丽莲好像在十分钟前晕倒了。"

**大　黑**：?

## 34

**骑士 A:** "哇，快看，下一队进场的是蔷薇骑士团推选的骑士。"

**骑士 B:** "看看人家的披风，那个做工，那个布料，那几朵点缀在上面的新鲜蔷薇花……哇，都是钱啊钱。"

**骑士 A:** "走得也太整齐了吧，连拔剑的幅度都完全一致，怎么训练出来的啊。"

**骑士 B:** "看看人家的剑，那个镶满宝石的剑鞘，那个削铁如泥的材质，那个剑身上定制的首字母缩写……哇，这也太有钱了吧。"

**骑士 A:** "别人是皇家骑士团，我们这种小破团出来的能比吗？"

**骑士 B:** "别说了兄弟，难受。"

**骑士 A:** "下面这队又是哪个团的，怎么感觉没见过？"

**骑士 B:** "那是荆棘骑士团，去年刚成立，成员都是二十五岁以下的年轻骑士，团长好像是一线贵族出身。"

**骑士 A:** "他们的盔甲怎么这么紧身，而且身材怎么都这么好啊，看看那一排腹肌，这么完美的六块是真实存在的吗？"

**骑士 B:** "不用怕，这一看就是健身房练的，这个团一点实战经验都没有，说不定你上场之后一拳能打十个。"

**骑士 A:** "那些不重要，这个胸肌练得也太好了。"

**骑士 B:** ？

**骑士 B：**"录节目呢，克制一点。"

**骑士 A：**"下一个入场的骑士怎么资料里没显示来自哪个团啊。"

**骑士 B：**"咦，是个人练习骑士？"

**骑士 A：**"好强啊，没有专业团队支持居然还能通过选拔，我听说光是海选就要刷掉百分之八十五的人。"

**骑士 B：**"这么严？"

**骑士 A：**"是啊，毕竟报名的人多，比起骑马，大家都更希望骑龙。"

**骑士 B：**"我还是更喜欢骑马，我和我的战马感情相当好，从它还是小马驹的时候就开始养它，我才不想骑龙。"

**骑士 A：**"那你来参赛干什么？"

**骑士 B：**"我们团长交的集体报名表，除了我，其他队友都被刷下来了。"

**骑士 A：**"……这么惨的吗？"

**骑士 B：**"收到海选合格通知单的时候我也很震惊，我入团时间比他们晚，比武大会成绩没他们靠前，出身也没他们好……不知道到底是怎么被选上的。"

**骑士 A：**"说不定是因为你长得比他们好看，谁看了这张脸不喜欢。"

**骑士 B：**？

**骑士 B：**"你又开始了？"

**骑士 A：**"开玩笑的兄弟，你看我这一手阳刚的金属色指甲油，就知道我肯定是个钢铁直男哈哈哈哈。"

**骑士 B：**"……"

**骑士 B：**"你最好是。"

## 35

骑士 A："接下来进场的是……玛丽莲?"

骑士 B："这名字有点别致。"

骑士 A："女的?"

骑士 B："应该是。"

骑士 A："哇,这么厉害,这都多少届没有女骑士参赛了。"

骑士 B："总共也没办过几届吧。"

骑士 A："对哦。"

骑士 B："这人什么来头? 没听说最近有什么实力比较强的女团啊。"

骑士 A："我看看……哇,又是个人练习骑士。"

骑士 B："了不起,果然单刷出奇迹。"

**＊五分钟后＊**

骑士 B："人呢? 怎么还没上台?"

骑士 A："在跟后台工作人员反映情况……好像是大屏幕上显示的资料有问题,在要求临时修改。"

骑士 B："资料不都是报名表里自己填的吗,据说有两道审核流程,难道还能资料造假?"

骑士 A："主办方查得这么严,应该不会吧。"

骑士 B："等等,屏幕黑了。"

骑士 A："又亮了……土豆? 还有人叫土豆?"

**骑士B：**"可能是艺名，我听说有的女骑士为了防止粉丝骚扰，上节目都不用真名。"

**骑士A：**"还可以这样说改就改吗？"

**骑士B：**"应该是在初始资料里就提交过，现场可以选择让后台替换。"

**骑士A：**"早知道我也报个艺名。"

**骑士B：**"你想叫什么？"

**骑士A：**"不知道，没仔细想过，反正要叫那种，一听就知道我是龙厂娇花、泥塑之光，谁都不敢整肃我的那种。"

**骑士B：**？

**骑士B：**"兄弟你在说什么？"

**骑士A：**"开玩笑的，像我这种铁血真汉子，肯定不是叫永强就是叫志刚哈哈哈哈。"

**骑士B：**"……倒也不必。"

**骑士A：**"哎，你看，那边那个，候场室露半个头的，是不是土豆小姐姐？"

**骑士B：**"隔这么远看不清楚……要往台上走了……嗯？"

**骑士A：**"咦？"

**骑士B：**"这个小姐姐的发型和穿着还挺那什么，挺中性化的，五官也……我去，怎么有喉结？"

**骑士A：**"不是，这声音怎么会这么低沉还这么有磁性啊？"

*台上*

**雇佣兵：**（生无可恋）

**雇佣兵：**"大家好。"

**雇佣兵：**"我是72号选手，来自龙石镇的个人练习骑士。"

**雇佣兵：**"大家可以叫我……土豆。"

**雇佣兵：**"请各位前辈多多指教。"

**雇佣兵：**（社交假笑）

## 36

**雇佣兵**："我能不能现在就退赛？"

**幼　龙**："为什么啊？"

**雇佣兵**："你说为什么，我根本就不是骑士，我去比什么？我连基本的全国第二套中级骑士广播剑法都没有学过，初测评直拍的时候怎么办？"

**幼　龙**："没关系，你可以照着前面的人做。"

**雇佣兵**："……我站第一排正中间。"

**幼　龙**："对哦，我特别拜托过他们要给你安排一个显眼的位置，嘿嘿。"

**雇佣兵**："那我还真是谢谢你了。"

**幼　龙**："不用谢，嘿嘿。"

**雇佣兵**：？

**雇佣兵**："你还笑得出来？要不要我把位置让给你，你上去跳？"

**幼　龙**："啊，痛，不要揪我的角角嗷……那要不然我们再想想办法，到时候彩排你就先不上台，先在下面看，记一下动作什么的。"

**雇佣兵**："你以为我是天才吗，看两遍就能学会？我要是这么厉害我当年还会连续三次面试皇家骑士团被拒吗？"

**幼　龙**："你别紧张，初测评又不重要，而且距离总决赛还有好几周，你抓紧练习就行，你学习能力这么强，肯定没问题的。"

**雇佣兵:** "拍马屁没用,而且就算我熬过这一轮,后面还有小组测评和位置考核。"

**幼 龙:** "大黑家人类上次不是说可以私底下给你补课吗?吃完晚饭我就可以带你去串门,这次你千万别又晕过去。"

**雇佣兵:** "……上次只是个意外,意外懂吗?我才不是近距离看到偶像心跳过速,我是那个什么……啊对,中午吃坏了肚子,你是不是做饭之前没洗菜啊。"

**幼 龙:** "我不是!我没有!我每片菜叶子都洗了三遍!被妈妈看到之后还说我浪费水,还要扣我零花钱……"

**雇佣兵:** "好好好,对不起,不是你的锅,是我的锅,你以后别给我做饭了,我吃罐头就行,真的。"

**幼 龙:** "那怎么可以,大黑家人类上次专门提醒过我的,你这段时间得吃健身餐。"

**雇佣兵:** "真的不用这么麻烦……"

**幼 龙:** "不麻烦,没关系,这是我应该做的,嘿嘿。"

**雇佣兵:** "……"

**幼 龙:** "一会儿要带几张明信片去吗?上次你不是还在遗憾没有要到小咪的亲笔签名,这次可以带张海报,让他给你签个这么大的。"

**雇佣兵:** "小咪?谁是小咪?"

**幼 龙:** "大黑家人类啊。"

**雇佣兵:** "啊?"

**雇佣兵:** "……你说黎明神剑亚度尼斯?"

**幼 龙:** "嗯……对,好像那些人类是这么叫过他。"

**幼 龙:** "他们还叫大黑死亡之翼来着,人类真是好中二哦,哈哈哈哈。"

**雇佣兵：**？

**雇佣兵：**（震撼我一整年）

## 37

**初代团长**："我听大黑说，你想退赛？"

**雇佣兵**："是的。"

**初代团长**："怎么还没开始就想放弃，这样不行的，要坚持到底，拼到最后，爱拼才会赢，知道吗？"

**雇佣兵**："道理我都懂，但是……"

**初代团长**："没有但是，年轻人，自己选的路，就算是头破血流也要坚持走下去，这样你的人生才会有意义，明白吗？"

**雇佣兵**："我明白，但是……"

**初代团长**："怎么还有但是？"

**雇佣兵**："但是我没选这条路，报名表是小绿背着我提交的，我从一开始就没想过要参赛。"

**初代团长**：？

**雇佣兵**："我觉得还是因为小绿作业太少，一天到晚太闲了才会折腾这些事情，早知道我也背着他给他报一个暑期特训提升班，让他天天感受奥数的魅力。"

**初代团长**："小孩子就是好，就算闲得发慌也只会折腾这些事情，不会想着折腾……"

**雇佣兵**："什么？"

**初代团长**："不，没什么。"

**雇佣兵**："没事，不用解释，我都懂的。"

**初代团长**："……你懂什么了？"

**雇佣兵：**"关于你们的冒险传说小话本到处都是，我家里还有一书架的系列条漫，你们肯定是在忙着四处征战，要不然就是切磋武艺，没错吧？"

**初代团长：**"……是的，哈哈。"

**初代团长：**"那你如果退赛，以后想干什么？"

**雇佣兵：**"没想好，反正不想继续待在这里。"

**初代团长：**"我理解你，年轻人，我那时候也天天变着花样逃跑，一秒都不想屈辱地待在这种……"

**雇佣兵：**"啊，不是，我没想逃跑。"

**初代团长：**？

**雇佣兵：**"我就是把附近的餐馆吃遍了，想找个地方旅游一下，换换口味而已。"

**初代团长：**"……就这样？你不觉得这种日子很咸鱼吗？"

**雇佣兵：**"当个咸鱼挺好的，可以少奋斗两百年，我不想努力了。"

**初代团长：**"可是你的人生理想怎么办，你还这么年轻，就这么放弃了？"

**雇佣兵：**"我的理想已经实现了，就是躺着数钱。"

**初代团长：**"……"

**初代团长：**"你们这代人怎么这样。"

**雇佣兵：**"而且小绿对我挺好的，比我前老板大方多了，待遇方面一点没亏待我，还亲手给我打造员工宿舍。"

**初代团长：**"就是你那间连门都没有的小破木屋？"

**雇佣兵：**"也没有很破，能住人就行，而且它还特别通风。"

**初代团长：**"是吗？那你还挺知足常乐的，当年大黑第一次给我做的屋子我就不太满意，比你的还稍微小一点。"

**雇佣兵**："那已经很不错了，我的木屋是后来扩建过的，一开始面积还不到现在的一半。"

**初代团长**："我那间小屋是纯金的。"

**雇佣兵**：？

**雇佣兵**："你们那代人怎么这样。"

## 38

**初代团长**："年轻人，说了半天，你其实也不排斥龙骑士这个职业吧。"

**雇佣兵**："当然不，有正式编制、有五险一金，还有双休和年假，工资奖金还高，简直就是神仙岗位。"

**初代团长**："那你别退赛了。"

**雇佣兵**："唉，退不退都一样，反正我最后也不可能被选上。"

**初代团长**："不要这么消极，有一位名人曾经说过，这种事，不试试怎么知道。"

**雇佣兵**："哪位名人？"

**初代团长**："漩涡鸣人。"

**雇佣兵**：？

**初代团长**："我看你之前性格不是挺刚的吗，一言不合就要动手锤人，这会儿怎么突然变得这么怂了。"

**雇佣兵**："没办法，对手都是受过专业训练的骑士，技能又熟练装备又高级，和他们比起来我实在没什么优势。"

**初代团长**："……你是不是傻。"

**雇佣兵**："啊？"

**初代团长**："你有龙，还有全套烙印，你现在在团里就是爸爸。"

**雇佣兵**："……什么？"

**初代团长**："你脖子后面那是烙印的痕迹吧。"

**雇佣兵:** "是的……哎? 这样都能看到? 太神了吧, 不愧是传说中的……"

**初代团长:** "停, 彩虹屁停一下, 你穿着这么厚的盔甲我当然看不到, 是上周你在客厅晕倒之后, 小绿扒了你的衣服给你做急救的时候我不小心看到的。"

**雇佣兵:** ?

**雇佣兵:** "小绿还会急救?"

**初代团长:** "嗯……其实不太会, 大黑跟他解释了半天他才明白心肺复苏不需要把人翻过来趴在地上。"

**雇佣兵:** "他为什么会觉得需要让人趴着啊?"

**初代团长:** "因为他……咳, 我怎么知道, 可能他看了什么不靠谱的微信公众号推送, 标题类似于《震惊! 五个你不知道的急救必备小常识, 赶快转给你身边养人的朋友!》这种。"

**雇佣兵:** "……我能活到现在真的是命大。"

**初代团长:** "不用担心, 这种程度算什么, 你以后只要不缺胳膊断腿, 一般的小伤小病躺一会儿自己就能痊愈。"

**雇佣兵:** "啊?"

**初代团长:** "你这么惊讶干什么, 你烙印都打完第三针了, 还不清楚功效?"

**雇佣兵:** "我知道啊, 就是强身健体、活血化淤、疏通筋骨、清热解毒、改善睡眠、美容养颜……"

**初代团长:** "停、停一下, 你是不是中老年养生堂看多了, 那些都不是重点。"

**雇佣兵:** "什么意思啊?"

**初代团长:** "重点是打完烙印你就和你家龙锁定了, 可以得到他的经验分成, 各项属性点都会猛增, 以后普通骑士在你面前就是战五渣，你明白吗?"

**雇佣兵:** ?

**初代团长:** "这么说吧，如果你一开始是张R卡①，那打完烙印就直接升级成SSR②，还是自带六星暴击御魂的那种。"

**雇佣兵:** "我去，这么神奇的吗? 那，那团长岂不是也……"

**初代团长:** "别多想，我和你不一样，我一开始就是金色传说③。"

**雇佣兵:** "……太厉害了!"（此处省略彩虹屁一千两百字）

---

① R卡: 一种卡牌游戏中对稀有卡的简称。R即Rare的缩写。

② SSR: 英文全称为Superior Super Rare，指较高级的超级稀有卡。

③ 金色传说: 原指卡牌《炉石传说》中的稀有卡牌，现泛指游戏中非常稀有的物品，能抽到代表玩家运气好。

## 39

**雇佣兵**："你嘴都撅了半天了，累不累啊。"

**幼　龙**："不累。"

**雇佣兵**："说吧，又怎么了?"

**幼　龙**："为什么我劝了你那么久不要退赛你都不答应，大黑家人类才劝了你二十分钟你就改变主意了啊?"

**雇佣兵**："你还问我? 烙印那么重要的事情你怎么不早说，我要是知道皇家骑士在我面前就是一群弟弟，我还会在后台抖成那样?"

**幼　龙**："啊，原来你之前这么害怕吗? 我以为你不会怯场的。"

**雇佣兵**："……不是怯场，骑士的谨慎能叫怯吗……是那个什么保留实力、迷惑对手，这是战术、战术你懂吗?"

**幼　龙**："不懂，好复杂哦。"

**雇佣兵**："你还小，你不知道，娱乐圈……不是，骑士团不像表面看上去那么和平，背地里有很多人耍小心机的。"

**幼　龙**："真的吗?"

**雇佣兵**："那当然，上次我刚录完节目，就有两个没见过的骑士过来找我聊天，问东问西没话找话，肯定是想套取情报。"

**幼　龙**："怎么看出来的?"

**雇佣兵**："其中一个看我的眼神就不正常，心虚得脸红，老是不敢直视我，走之前还偷偷往我手心里塞纸条。"

**幼　龙**："纸条上写的什么啊?"

**雇佣兵:** "没头没尾的, 就是一长串数字, 可能是想开价收买我, 让我故意输给他。"

**幼 龙:** "居然想花钱让你打假赛, 可恶, 难道他觉得你看上去很穷酸吗?"

**雇佣兵:** "啊?"

**幼 龙:** "我们又不是买不起新衣服, 既然如此, 下次你要不要穿玛丽皇后的舞踏会……"

**雇佣兵:** "不穿, 虽然我那身盔甲是几年前的老款式, 不过质量挺好的, 除了第一次见面差点被你戳出一个洞……你这孩子怎么这么皮啊?"

**幼 龙:** "对不起, 我不是故意的。"

**雇佣兵:** "……算了, 都过去那么久了, 不说那个, 但是上周在大黑家又是怎么回事, 谁跟你说心肺复苏是要让人脸朝下的?"

**幼 龙:** "大黑说的。"

**雇佣兵:** ?

**雇佣兵:** "他和初代团长一起生活了那么久, 不是应该对人类常识很了解吗?"

**幼 龙:** "对啊。"

**雇佣兵:** "他什么时候教你的?"

**幼 龙:** "好几年前, 有一次我去大黑家找他玩, 大门是锁着的, 但里面有声音, 我翻窗进去之后看到大黑在背后抱他家人类按他的胸口。"

**雇佣兵:** "……啊?"

**幼 龙:** "我问他们在干什么, 大黑说是在给他家人类做心肺复苏, 情况很危急, 让我赶紧打120。"

**幼　龙:**"那次除了打电话我什么忙也没帮上，很愧疚，后来我就把这个方法记住了。"

**雇佣兵:**（震惊脸）

## 40

**同　桌:** "大好的暑假,不在家里睡懒觉,这么早把我叫出来干什么?"

**幼　龙:** "废话少说,先回答我一个问题。"

**同　桌:** "什么?"

**幼　龙:** "你摸着良心说,我们是不是朋友。"

**同　桌:** "不是,快滚。"

**＊五分钟后＊**

**幼　龙:** "你仔细想想再回答呢?"

**同　桌:** "哥,我错了哥……你先放开我,要喘不上气了哥。"

**幼　龙:** "行。"

**同　桌:** (一顿猛咳)

**幼　龙:** "我们是朋友吗?"

**同　桌:** "是是是,是朋友,朋友一生一起走。"

**幼　龙:** "好,是朋友就帮我一个忙。"

**同　桌:** "你说你说。"

**幼　龙:** "看到那边那堆木片了吗?帮我给它们边缘磨圆,再给正面抛个光。"

**同　桌:** "这么多?而且我们俩空手来的,又没有工具,怎么抛啊?"

**幼　龙:** "你不是有爪子?不急,慢慢磨,慢工出细活,我不会催你的。"

*二十分钟后*

**同　桌:** "你怎么自己不动手,就在旁边看啊?"

**幼　龙:** "我之前给玛丽莲剥小龙虾的时候太用力,爪子劈了,现在还没好。"

**同　桌:** "哈哈哈哈你也有今天!"

**幼　龙:** "好笑吗? 好笑就再帮我上一层漆。"

**同　桌:** "⋯⋯"

**幼　龙:** "朋友,多涂两层,涂均匀一点,底色涂浅一点,我之后要在上面写字的。"

**同　桌:** "写什么啊?"

**幼　龙:** "这几块大的写——龙厂之光玛丽莲、舞剑妖精玛丽莲、能打能扛玛丽莲,这几块小的就简单点,字少点,加个爱心符号。"

**同　桌:** ?

**同　桌:** "这么复杂,这得做到什么时候,你怎么不在自己家里做啊?"

**幼　龙:** "马上要用了,我自己做来不及,而且被妈妈看到的话又要说我一天到晚搞这些花里胡哨的东西⋯⋯明明就很有艺术性,他们那代龙审美不行。"

**同　桌:** "不是,你能不能选个沉稳一点的颜色,荧光绿写出来的字好浮夸啊。"

**幼　龙:** "你懂什么,就是要这种颜色在晚上才够显眼,而且绿色是玛丽莲的应援色。"

**同　桌:** "为什么啊?"

**幼　龙：**"因为别人都说他是绿选之子。"

**同　桌：**"啊?"

**幼　龙：**"别人还说我和玛丽莲组搭档的话，小绿和土豆，组合名可以叫绿豆。"

**同　桌：**"组搭档的条件是什么?"

**幼　龙：**"得先是朋友。"

**同　桌：**"那既然我们也是朋友，我们的组合名叫什么啊?"

**幼　龙：**"谁跟你是朋友。"

**同　桌：**?

—————— 第五章 ——————

# 龙骑士军团黑幕这么深的吗?

答应我，

不要再试图把我的行李箱藏起来了，

也不要试图藏进我的行李箱。

## 41

**骑士 A:** "第一期排名结果出来了，你收到通知了吗?"

**骑士 B:** "收到了。"

**骑士 A:** "下期小组对决之后就是第一轮淘汰赛，排名六十位以后的都要出局，你目前还安全吗?"

**骑士 B:** "还行吧，暂时安全。"

**骑士 A:** "什么叫还行，你有点忧患意识好不好，就算你能踩线通过这轮，下一轮就是六十进三十五，不拿出点实力来是没办法蒙混过关的。"

**骑士 B:** "我在第三位。"

**骑士 A:** ?

**骑士 A:** "这么猛，你们团给你刷票了?"

**骑士 B:** "怎么可能，我们小糊团连热搜都买不起。"

**骑士 A:** "那就是你傍上哪个金主了? 这么大方，搞快点，给我也整一个。"

**骑士 B:** "……我们可是正经骑士，真刀真枪打出来的排名，什么金主，什么交易，没有那种东西，你思想能不能健康一点。"

**骑士 A:** "你在想什么，我说的金主是龙，我是问会不会有哪条龙把你给内定了。"

**骑士 B:** "啊?"

**骑士 A:** "我跟你说，最后总选的出道位其实不完全是由观众打投票数决定的，更重要的是看选手有没有被龙选中。"

骑士B："什么意思?"

骑士A："龙骑士军团并不是人手一龙，进团之后要等分配，什么时候能分到不好说，反正有的骑士一入团就有龙，比较倒霉的直到退团都没见过龙的影子。"

骑士B："真的吗? 那这样和普通骑士团有什么区别?"

骑士A："区别就是龙骑士团偶尔会有龙来闲逛，遇到看对眼的骑士就会带走签订契约。"

骑士B: ?

骑士A："看对眼的标准也不好说，不一定和团内考评挂钩，有的骑士就算打遍全团无敌手也没有被龙看上，有些比较幸运的就算一直战斗力垫底也有龙骑。"

骑士B："原来黑幕这么深的，兄弟。"

骑士A："是啊，所以未来的发展谁说得准呢，缘分天注定，一切都是命运的安排。"

骑士B："你倒是看得挺开，可以，心态很稳。"

骑士A："你这么想，这就像是你逛宠物店一样，店里那么多只猫猫，也不是每只都有人领养，有的猫猫刚来两天就能被选走，有的直到绝育都还留在店里。"

骑士B："……这完全不是一回事吧。"

骑士A："怎么不是一回事，人和猫之间到底是差异更多还是共同点更多，你说得清楚吗?"

骑士B："怎么感觉你今天说话有点哲学的味道。"

骑士A："你发现了? 我看书上说这么聊天更容易撩到汉子，你有没有突然觉得对我很心动?"

骑士B："……"

骑士 A：“怎么样，主动一点，我们就会有故事。”

骑士 B：“不需要，谢谢，你要记住你的人设是钢铁直男。”

骑士 A：“对哦。”

骑士 B：“还有，你哪来那么多内部消息，你认识工作人员？”

骑士 A：“不是，怎么会，是那个……是刚才在后台一个举灯牌的弟弟告诉我的。”

骑士 B：？

## 42

骑士 A："这期的比赛内容是小组对决，你组好队了吗？"

骑士 B："还没有，你呢？"

骑士 A："我也没有，那不如我们一起，正好我也想蹭蹭第三名的热度。"

骑士 B："没什么好蹭的，按你之前听到的消息，最终出道位全是内定，现在排名再靠前有什么用。"

骑士 A："也是哦。"

骑士 A："那蹭点别的也可以。"

骑士 B：？

骑士 B："这里到处都有摄像头和收音麦克风，你能不能克制一点。"

骑士 A："你是说等到了没有摄像头的地方我就可以蹭了吗？"

骑士 B："你是说等你被关进鸡笼吗？"

骑士 A："嘻嘻，什么铁打的鸡笼关得住我，对了，你跟 72 号关系熟不熟？我上次把手机号给他之后他一直没联系过我，本来我还想约他……"

骑士 B："你怎么回事，是让你来比赛的，不是让你来约会的。"

骑士 A："……约他组队打对抗赛，你在想些什么东西，天啊，我觉得你这个人思想怕是有问题，兄弟。"

骑士 B：？

骑士 B："行吧，但我建议你别找他，我今天早上在后台和土豆聊了几句，感觉他状态不好，今天比赛可能发挥不出最佳水平。"

骑士 A："他怎么了？"

骑士 B："不知道，就是整个人恍恍惚惚的，一直在念叨什么'我不想活了，我家房子塌了……'，没听说最近哪里有地震啊。"

骑士 A："这么惨的吗？"

骑士 B："我问他详细情况，他又不肯告诉我，我建议他如果生活上有什么困难可以去找制作人，初代团长这种德高望重的老前辈肯定会帮他的……后来他连话都不跟我说了，可能确实受了不小的打击吧。"

骑士 A："啊，真的假的，美强惨，我又可以了。"

骑士 B：*鸡笼警告*

骑士 A："开玩笑的，我怎么敢去招惹他，我要是早知道……"

骑士 B："早知道什么？"

骑士 A："没什么，你找他聊天的时候他是一个人吗？"

骑士 B："是啊，不然他还能是一条狗吗？"

骑士 A："我不是这个意思，我是说他旁边有没有别的什么人，或者门外有没有谁伸个脑袋听墙角，比如一个小男孩，大概长这么高，笑起来蠢兮兮的那种。"

骑士 B："我没注意到……谁啊？"

骑士 A："没看到就算了。"

骑士 B："哦，是不是你之前说的那个举灯牌的小孩？后台管理不是很严格吗？他一个无关人员怎么混进来的。"

骑士 A："这我哪知道，可能是头天晚上在他爸爸面前死皮赖脸撒泼打滚要到的入场券吧。"

骑士 B：？

## 43

**工作人员**："小朋友……小朋友？"

**幼　龙**："你叫我？"

**工作人员**："你这么明目张胆地录别人干什么？"

**幼　龙**："那是玛丽莲。"

**工作人员**："我知道，你录他干嘛？"

**幼　龙**："我就是要录他。"

**工作人员**："这么明目张胆不好吧？"

**幼　龙**："他是我养的人。"

**工作人员**：？

**工作人员**："真的假的？"

**幼　龙**："真的，你要我给你看他身上的烙印吗？"

**工作人员**："啊？"

**幼　龙**："算了，你想得美，怎么可能给你看。"

**工作人员**："小朋友，我们这里有规定，不让粉丝录像的。你家大人在哪里？我带你过去找个地方坐着休息好吗？"

**幼　龙**："我家大人？在台上啊。"

**工作人员**：？

**幼　龙**："这里好像视野不太好……那上面的阳台要怎么过去啊？"

**工作人员**："那边的房间都是骑士休息室，不对外开放的。"

**幼　龙**："你别想骗我，我之前明明看见有个学长大摇大摆地进去了，也没人拦他啊。"

**工作人员：**"不会吧，是不是你看错了，那边真的不对外……啊！小朋友危险！快下来，不要随便爬到栏杆上啊！"

**幼　龙：**"嘘，别吵别吵，马上要开始了，玛丽莲那队要出场了。"

**工作人员：**"你先下来好吗？等比赛结束我带你去后台要签名怎么样？"

**幼　龙：**"我不，我要他的签名干什么，他都在我的错题本上签了十几个了，我要选一个角度给他录那个，录直拍。"

**工作人员：**"不好意思，我们真的不允许……"

**幼　龙：**"你能往旁边站一点吗，你挡到我的灯牌了。"

**工作人员：**"……灯牌也是不让带的。"

**幼　龙：**"玛丽莲玛丽莲！看这边啊！玛丽莲冲呀！玛……唔唔唔……"

**工作人员：**"你冷静一点小朋友，不要大声喧哗，选手比赛期间需要集中注意力，哥哥帮你把灯牌收起来……啊！"

**幼　龙：**（呲牙）

**工作人员：**"你，你别咬人啊，我要叫保安了……"

**幼　龙：**"呸呸呸，你想得美，谁要咬你，你叫十个保安来都行，看他们能不能带走我。"

**工作人员：**"……"

**工作人员：**"那我叫老板来好了。"

**幼　龙：**"哪个老板？"

**工作人员：**"当然是最凶的那个老板，他今天正好在现场。"

**幼　龙：**"哦，我知道，他今天开车送我来的。"

**工作人员：**"啊？"

**幼　龙**："你最好马上把灯牌还给我，别把它弄坏了，不然的话……"

**工作人员**："……不然怎么样?"

**幼　龙**："你年终奖没了。"

**工作人员**：?

## 44

**小　白**："我们什么时候才能和骑士们见面啊?"

**小　橘**："还早，他们第一轮淘汰赛都没比完，我们要等到总选那天才能出场。"

**小　白**："还有这么久……而且总选是不是就没剩多少人了?"

**小　橘**："还有二十个左右吧。"

**小　白**："那还选什么啊，说好的百里挑一呢，要是长得好看的在前几轮都被淘汰了怎么办?"

**小　橘**："挑一? 哪里有一?"

**小　白**：?

**小　橘**："对不起，我刚刚是在学小蓝说话，他说这是当代人类通用语，建议我们有空也多了解一下，还给我推荐了必看书单。"

**小　白**："都有些什么书啊?"

**小　橘**："《霸道幼龙爱上我》《山谷恶龙和他的落跑骑士》《会有恶魔替我爱你》等。"

**小　白**："停、停一下，什么乱七八糟的，人类真的会喜欢看这种东西吗?"

**小　橘**："应该喜欢吧，这几本都在畅销榜前十。"

**小　白**："那只要我把它们都看完，我就能泡到，不是，有人可吸吗?"

**小　橘**："也不一定，你看小蓝，他在人类城市混了好几年，理论知识那么丰富，不也还没养人。"

**小　白：**"对哦。"

**小　橘：**"这种事急不来的，要耐心等待缘分，该来的总会来，是你的就一定是你的，不是你的强求也没用，一切都是命运的安排。"

**小　白：**"你能不能不要学小蓝说话了，听得我头痛。"

**小　橘：**"好吧。"

**小　白：**"小蓝他叔叔是不是有所有参赛选手的个人简历，要不我们先去看看，万一有感觉比较合适的就跟他说一声，让他想办法把人留到最后的总选。"

**小　橘：**"光看简历你怎么知道合不合适？"

**小　白：**"不是有详细的自我介绍吗？"

**小　橘：**"那有什么用，十个骑士里有八个写的都是乐观开朗、吃苦耐劳、善于沟通、勤于思考，有较强的团队合作精神和组织协调能力……我都能背下来了。"

**小　白：**"可是简历里还有照片。"

**小　橘：**"唉，证件画像，十个骑士里有八个都是在什么号称最美证件画像的美术馆画的，修得妈都不认识，没什么参考价值。"

**小　白：**"……那说来说去还是只能见面再挑。"

**小　橘：**"是啊，所以说还是得等。"

**小　白：**"好气哦。"

**小　橘：**"想开点，至少我们还有得挑，你看看那些低年级的幼龙，只能在家干瞪眼，连选人资格都没有。"

**小　白：**"可是我听说有的幼龙从小家里就养了人，根本不用等到成年。"

**小　橘：**"那是官二代，一般龙不能跟他们比。"

**小　白：**"哦。"

## 45

**初代团长：**"听说你这次小组对抗赛没发挥好，开局挂机，最后一个 AOE[1] 把队友秒了，怎么回事，是身体不舒服吗？"

**雇佣兵：**"……不是。"

**初代团长：**"那就是你飘了？唉，年轻人就是容易心浮气躁，你的对手里可能有人初始牌面就是 SP[2]，就算你现在开了挂也不能轻敌，知道吗？"

**雇佣兵：**"……我没有。"

**初代团长：**"那你怎么回事？"

**雇佣兵：**"我……那个，其实我……有个问题不知道该不该问。"

**初代团长：**"那就别问了。"

**雇佣兵：** ？

**雇佣兵：**"可是……"

**初代团长：**"有什么事想问就赶紧问，干脆一点，不要吞吞吐吐，是男人就打直球。"

**雇佣兵：**"那个，就是……你是不是被绑架了，你要是被绑架了就眨眨眼。"

**初代团长：**"啊？"

---

① AOE：英文全称为 Area of Effect，是魔兽游戏中的术语，指在一定范围内重创对方队伍的技能。

② SP：英文全称为 Special Player，是一种游戏中的术语，指拥有特殊技能的角色。

**雇佣兵:** "我这段时间把小话本全部仔细翻了一遍……其实书上写的有些是假的吧?"

**初代团长:** "肯定有假的啊,那都是后来的艺术加工,哪有那么多千奇百怪的怪物等你去刷,没仗可打的时候谁还愿意到处去加班,是家里电视不好看还是空调不制冷?"

**雇佣兵:** "……什么? 所以那些冒险故事也全部都是假的!"

**初代团长:** "一半一半吧……你之前说的不是这个?"

**雇佣兵:** "我……我是想说,关于你是怎么成为龙骑士的那部分。"

**初代团长:** "哦,书上怎么写的?"

**雇佣兵:** "有两个版本,一个是说你在火山口捡到了一个龙蛋,带回家贴身孵了三天三夜,然后一只黑龙破壳而出,睁眼之后把第一眼看到的生物认作母亲……"

**初代团长:** ?

**雇佣兵:** "还有一个版本是说你在战场上身受重伤,被一只路过的黑龙捡到,带回家贴身照顾了三天三夜,你睁眼之后把第一眼看到的生物……"

**初代团长:** "我认他当妈?"

**雇佣兵:** "不是,是认作同伴,当场签订契约,从此收获神级跟宠,带领骑士团四处征战排位连胜逆风翻盘。"

**初代团长:** "嗯……签订契约的过程没这么简单,场场连胜倒是真的,毕竟大龙从头到尾都在我们这方,都不用派什么小兵,随便划一划对方高地就没了。"

**雇佣兵:** "这个版本写的是战争结束后你功成身退,自愿离开人类城市,回到黑龙所在的山谷隐居二线……这部分不是真实的吧,你难道不是被强迫的吗?"

**初代团长：**"一开始的确是……"

**雇佣兵：**"我就知道！可恶！"

**初代团长：**"……但是谁能料到越发展到后来就越接近人类的本质呢。"

**初代团长：**（老脸一红）

**雇佣兵：**？

## 46

**恶　魔：**"什么情况？你居然会主动约我出来，你终于决定出卖灵魂了吗？"

**雇佣兵：**"并不。"

**恶　魔：**"哦。"

**雇佣兵：**"我就是有个问题想问问你……龙族会下蛊吗？"

**恶　魔：**"啊？你问这个干什么？"

**雇佣兵：**"没什么，你现在还想着要逃跑吗？"

**恶　魔：**"那当然，《肖申克的救赎》里有一句名台词，有一种鸟儿是关不住的，因为它的每一片羽毛都闪耀着自由的光辉。"

**雇佣兵：**"说起羽毛，听说你最近掉毛很严重？"

**恶　魔：**"……你怎么知道？又是小红说的？"

**雇佣兵：**"是啊，还能有谁。"

**恶　魔：**"咳，其实也没有特别严重，但是小红不知道在哪里看到的偏方，非要用生姜刮我翅膀，一天刮三遍，我现在背上都是肿的。"

**雇佣兵：**"有点惨，兄弟。"

**恶　魔：**"还好，这点小痛算什么，你知道真正伤到我的是什么吗？"

**雇佣兵：**"什么？"

**恶　魔：**"我的客户没了。"

**雇佣兵：**？

**恶　魔：**"我辛辛苦苦摸爬滚打十几年攒下的客户，全部被领导分配给新来的同事了。"

**雇佣兵：**"哦，不用工作了，这不是更好吗？"

**恶　魔：**"好什么啊，我和你不一样，我一直都很有事业心的，我本来有机会明年升职成为黄眼恶魔，你知道三百岁以下能提中层干部的恶魔有多难吗？"

**雇佣兵：**"……你之前不是说你只是个底层销售员吗？"

**恶　魔：**"那又怎么样，地狱之王刚入职场的时候还在十字路口卖过保险呢。"

**雇佣兵：**"原来是这样。"

**恶　魔：**"不止我原来的老客户，还有之前谈了好多次一直没谈下来的新项目，这次对方终于愿意跟我们合作了，本来前期准备工作一直是我负责的，绩效也算在我头上，现在后续跟进全部交给别的恶魔了。"

**雇佣兵：**"怎么了，这笔单子提成很高吗？"

**恶　魔：**"不是一般的高，女巫出手向来很大方。"

**雇佣兵：**"女巫？你们业务范围还挺广。"

**恶　魔：**"我们领导对新市场开拓这方面很重视，下一步还准备向人鱼和精灵市场进军。"

**雇佣兵：**"哇，饼画得这么大吗？"

**恶　魔：**"再大有什么用，都没我的份，我现在停薪留职，分配给我的只有一项没同事看得上的最低级别寻人任务，悬赏低得要死，我都懒得出门去找。"

**雇佣兵：**"别啊，有钱一起赚，你要找谁？"

**恶　魔：**"一个普通人类，年轻男人，四个多月前失踪的，他老板说活要见人死要见尸。"

**雇佣兵:** "有什么外貌特点吗?"

**恶　魔:** "有画像,但是老板画工也太烂了,根本没法用。"

**雇佣兵:** "有多烂,给我看看。"

**恶　魔:** "你等等。"

**恶　魔:** *员工手册 0018 号正面人像(团长手绘版).JPG*

## 47

**恶　魔:**"兄弟, 你上次问我的那个问题, 我有答案了。"

**雇佣兵:**"什么问题?"

**恶　魔:**"关于龙族会不会下蛊。"

**雇佣兵:**"哦哦。"

**恶　魔:**"这个问题我之前完全没有考虑过, 这段时间查了一堆资料, 发了一圈调查问卷, 做了一些研究和记录, 还把成果整理了一下投了一篇论文……

**雇佣兵:**"效率这么高? 了不起兄弟。"

**恶　魔:**"我当社畜多少年了, 坐下, 这都是基本操作。"

**雇佣兵:**"所以答案是什么?"

**恶　魔:**"据我得出的结论, 龙族是不会下蛊的, 没有这种东西。"

**雇佣兵:**"那精神诱导或者思维控制呢?"

**恶　魔:**"你是说像 X 教授[①]那样可以直接支配人类的大脑活动吗?"

**雇佣兵:**"那种也行, 总之就是违背人类自身意愿, 强行让某个人变成恋爱脑, 就算被囚禁被胁迫也不想和对方解绑的程度。"

**恶　魔:**"……你在说些什么, 兄弟, 你这个想法很危险, 你

---

① X 教授: 美国漫威漫画《X 战警》系列及其衍生作品中的人物, 拥有心灵感应和精神控制能力。

是想对谁使这招吗？"

**雇佣兵**："不，我不是，我没有。"

**恶　魔**："听我一句劝，强扭的瓜不甜，强拉的瓜不硬，当一个善良的好人，不要学那些霸总搞什么虐恋情深，那样是不会有好下场的。"

**雇佣兵**："我知道……等等，什么拉瓜？"

**恶　魔**："还有，你也不要相信淘宝小广告里那些女巫直销爱情魔药，什么998全国包邮，一滴就起效，男神说泡就泡，那都是假的，真有那么神奇她们自己怎么不用，还要天天在后援会打破头。"

**雇佣兵**："这个你放心，我对那些从来不感兴趣，什么爱情不爱情的，我们职业佣兵的世界里没有……"

**恶　魔**："等等，原来你以前是佣兵？"

**雇佣兵**："啊？"

**恶　魔**："太好了，上次我跟你说过的那个寻人任务你还记得吗？你说巧不巧，我要找的人也是个佣兵。"

**雇佣兵**："……"

**雇佣兵**："你不是嫌麻烦懒得去找吗？"

**恶　魔**："本来是不想干活的，但是前两天甲方爸爸加钱了。"

**雇佣兵**："……"

**恶　魔**："哎，你是哪个团的？规模大不大，帮我问问你的前同事，万一他们有谁见过这个画像里的人呢。"

**雇佣兵**："啊，不是，那个什么……你听错了，我不是佣兵，我刚才说我是电竞选手，电子竞技没有爱情。"

**恶　魔**："你第一次见面不是说你本职搬砖，副业屠龙吗？"

**雇佣兵**："……是这样，我本职上单，负责清兵线，偶尔会去帮打野杀杀大龙。"

**恶　魔:** "那行吧，你有空能帮我问问你的人类朋友吗？发动一下你的关系网什么的。"

**雇佣兵:** "……怎么发动？"

**恶　魔:** "你带图发个朋友圈，让他们看到之后帮你转发，有线索就跟我联系，我给他们发红包。"

**雇佣兵:** "……这样不行。"

**恶　魔:** "为什么啊？"

**雇佣兵:** "因为……因为那个，我发朋友圈没用，他们都把我屏蔽了。"

**恶　魔:** "他们为什么要屏蔽你啊？"

**雇佣兵:** "因为……我之前每天疯狂发拉票链接。"

**恶　魔:** ？

## 48

**佣兵头目**："在吗？在干什么？在忙吗？在外出找人吗？"

**恶　魔**："在的亲。"

**佣兵头目**："人找得怎么样了？"

**恶　魔**："寻人启示已经贴出去了，目前还没有得到什么明确的线索。"

**佣兵头目**："这都好几个工作日了，怎么还一点方向都没有，太慢了吧。"

**恶　魔**："亲，这个进度不是我们能控制的，您那边提供的信息不多，估计的地理范围也很广，我们的工作开展起来也是需要时间的，一有消息就会立刻通知您，这边的建议是请您再耐心等待几天呢。"

**佣兵头目**："你要我耐心？我多付的那笔加急佣金是干什么用的？"

**恶　魔**："您的心情我们理解，我们这边已经针对您的要求制定了专门的寻人方案呢。"

**佣兵头目**："发来看看。"

**恶　魔**：*寻人方案 1.0 版*

**佣兵头目**："嗯……是不是过于简单了一点，重点走访区域就只有他比较常去的小酒馆和铁匠铺，还有两家肉铺和杂货店，少了点吧？"

**恶　魔**："不会的呢亲，这几个地方我们都是定期走访和固定蹲点相结合，包括和店老板一对一详细询问，总体工作量还是很大的，属于深度搜寻服务呢。"

**佣兵头目：**"覆盖的人流量还是不够，要不你们再想想别的方案。"

* 一个小时后 *

**恶　魔：** * 寻人方案 2.0 版 *

**恶　魔：**"我们调整之后，减少了固定蹲点的时间，增加了四个新的走访点，整体搜寻区域往西偏移，您看看这样改可以吗?"

**佣兵头目：**"嗯……你安排的这个蹲点时间，每个场所才一个小时，是不是短了点?"

**恶　魔：**"不短了呢亲，一共有九个场所，再加上路上往返的通勤时间，一天有十几个小时都在蹲点呢。"

**佣兵头目：**"你们就在固定场所贴寻人启事，效果不太好吧，要不改成给路人派发传单?"

* 四十分钟后 *

**恶　魔：** * 寻人方案 3.0 版 *

**恶　魔：**"这次把现场个人询问改成了广泛派发调查问卷，按场所人群密集程度区分，预计有效问卷数量可以达到 20% 和 35% 之间。"

**佣兵头目：**"嗯……你们这个调查问卷是不是设计得有点复杂，开放性问题太多了，路人可能不会填得这么全面，能多设计一些选择题吗?"

**恶　魔**：\*寻人方案 4.0 版\*

**恶　魔**："这次的调查问卷加上了地图标识，基本列示了所有可能涉及到的问题，每道题的选项不超过四项，只有最后五道是多选，您看看还有其他需要修改的吗？"

**佣兵头目**："嗯……你这个版本的成本有点高，能不能再优惠一点？"

**恶　魔**："这已经是最低价了亲，我们周年庆做活动才有这种折扣的呢。"

**佣兵头目**："我刚才想了一下，问路人可能还不如直接问店老板，路人哪会记得这么清楚，是吧？"

**恶　魔**："……那您的意思是？"

**佣兵头目**："暂时还是用最开始的那版方案吧，有什么想法随时再调整，你手机保持二十四小时畅通哦。"

**恶　魔**：？

**恶　魔**："好的呢亲。"（我杀了你）

## 49

**幼　龙**："你真的要走吗？不能不走吗？"

**雇佣兵**："主办方硬性要求的，所有晋级的选手都要参加集训，我不能搞特殊吧。"

**幼　龙**："可是你一去就要走这么久。"

**雇佣兵**："也没有那么久，五天而已，很快的，正好这几天我也能避避风头……"

**幼　龙**："那可是整整五天！"

**雇佣兵**："现在知道当初不应该拦着我不让我退赛了？晚了！"

**幼　龙**："……"

**雇佣兵**："不许撅嘴。"

**幼　龙**："哦。"

**雇佣兵**："你能放开我的腿吗？我这样拖着你走来走去很不方便。"

**幼　龙**："我不。"

**雇佣兵**："你听话一点，回来我给你带礼物。"

**幼　龙**："什么礼物？"

**雇佣兵**："××密卷权威预测版。"

**幼　龙**：？

**幼　龙**："我不要我不要，快拿走快拿走。"

**雇佣兵**："那你先放开我。"

**幼　龙**："我不。"

**雇佣兵：**"……"

**幼　龙：**"你要是去了之后认床，晚上睡不着怎么办啊？"

**雇佣兵：**"你放心，我从来不认床。"

**幼　龙：**"那你要是吃不惯那边的饭菜怎么办啊？"

**雇佣兵：**"这个你更可以放心，我连你做的都……"

**幼　龙：**？

**雇佣兵：**"……都打包带过去吃，行了吧？"

**幼　龙：**"那、那你要是和室友相处不好，闹矛盾起冲突怎么办啊？"

**雇佣兵：**"哪个不长眼的敢惹我？"

**幼　龙：**"要是你室友晚上睡觉打呼噜吵到你怎么办啊？"

**雇佣兵：**"那我就把他踹醒。"

**幼　龙：**"那要是你在训练途中不小心受伤或者走丢怎么办啊？"

**雇佣兵：**"我这么大的人怎么会走丢。"

**幼　龙：**"我捡到你的那天你不就是走丢了吗？"

**雇佣兵：**"我那是故意逃……算了，你不要担心，亚度尼斯会作为导师和我们一起去的，有他在，还能出什么事。"

**幼　龙：**"可是……"

**雇佣兵：**"没有可是，我不在的这几天你要乖乖听你妈妈的话，每天该写的作业按时完成，等我回来检查，不要又闲得没事跑去找小红打架，当心他家恶魔揍你，知道吗？"

**幼　龙：**"……知道了。"

**雇佣兵：**"还有，答应我，不要再试图把我的行李箱藏起来了。"

**幼　龙：**"好的吧。"

**雇佣兵：**"也不要试图藏进我的行李箱。"

**幼　龙：**"……哦。"

## 50

医　生："下一个患者，草莓。"

医　生："草莓在吗？"

同　桌："在在在。"

医　生："怎么是你，你家恶魔呢？"

同　桌："他今天没来，我帮他挂的号。"

医　生："你跟他说，我不会给他打麻药然后切掉他尾巴的，上次是开玩笑，该来医院还是得来，不要产生抵触心理，知道吗？"

同　桌："啊，不是，他不是害怕医院，那个，这次是我有问题想咨询一下。"

医　生："你有问题挂宠物科干什么？"

同　桌："不是我有问题，是草莓有问题。"

医　生："你俩到底谁有问题？"

同　桌："是我有一个关于草莓的问题。"

医　生："你说。"

同　桌："是这样，我发现草莓最近的表现有点怪怪的，问他怎么回事，是不是身体哪里不舒服，他也不说，就只是叹气。"

医　生："怎么了？"

同　桌："他最近心情不好，经常一句话不说闷头打字，有时候我听到他半夜不睡觉，在房间里摔东西，第二天起床两个眼圈都是黑的，看起来精神很疲惫的样子。"

医　生："还有别的异常表现吗?"

同　桌："他经常自己一大早上偷偷跑出门，直到凌晨才回来，而且去的都是几个固定地点，我有一次跟在他后面，发现他大多数时间就只是坐着发呆，也不吃东西也不喝水，一坐就是好几个小时。"

医　生："这种情况持续多久了?"

同　桌："有好几天了。"

医　生："我想想……他去的那些地方有异性吗?"

同　桌："好像有一些人类阿姨和小姐姐。"

医　生："那他跟她们搭话了吗?"

同　桌："有吧，我看到他请好几个人类喝酒，还拿着一叠纸让她们写。"

医　生："那些纸上写的什么，他带回家了吗?"

同　桌："带回家了，但是他收起来了，我没见过，他说那些资料很重要，不让我乱翻，还说要是我把它们搞丢了就揍我。"

医　生："……"

医　生："好的，情况我已经了解得差不多了，我大概知道是怎么回事了。"

同　桌："怎么回事啊?"

医　生："他的发情期到了。"

同　桌："啊?"

医　生："发情期是需要尽快采取措施的，不然他很有可能出现心理或生理上的健康问题，白天疯狂拆家晚上彻夜嚎叫，甚至跑出家门一去不回。"

同　桌：（惊恐）

同　桌："那、那现在该怎么办啊?"

医　生："正好最近有个宠物相亲大会，你可以带他去配个种。"

同　桌："……不了吧。"

医　生："真的不考虑让他生几个小恶魔吗？我看他品相挺好的，身强体壮腰细腿长，后代的质量应该也不错。"

同　桌："……我拒绝。"

医　生："唉，那就只剩下一个办法了。"

同　桌："什么办法？"

医　生："长痛不如短痛，趁早绝育吧。"

同　桌：？

—— 第六章 ——

# 我就是他的 one pick

---•---

果然流浪的人类

就是要被捡回家养起来

才能得到幸福。

---•---

## 51

幼　龙：（敲敲敲）

骑士A：“大晚上的谁啊……我去！”

幼　龙：“咦，怎么是你？”

骑士A：“你怎么在这里？”

幼　龙：“呼……哈……你先把窗子打开放我进去呀。”

骑士A：“不是，你怎么过来的？”

幼　龙：“呼……我飞过来的。”

幼　龙：“累死我了，有水吗？”

骑士A：“只有咖啡，但是小孩子最好不要……妈呀，你少喝点，这是特浓的。”

幼　龙：“咕咚咕咚！”

骑士A：“……回去千万别跟你爸爸说我给你喝过这个，知道吗？”

幼　龙：“好的，嗝。”

幼　龙：“玛丽莲呢？玛丽莲——”

骑士A：“嘘，你小声点，别把他吵醒了。”

幼　龙：“我就是要把他叫醒啊。”

骑士A：“不是，你仔细看看上铺是谁？”

骑士B：（睡觉打呼噜中）

幼　龙：？

幼　龙：“玛丽莲呢？”

**骑士A：**"他不在这里，我和他换房间了。"

**幼　龙：**"为什么啊？"

**骑士A：**"因为……因为那个，他这是双人间，还是上下铺，床这么小，我担心他住不惯。"

**幼　龙：**"你的房间不也是这种规模吗？"

**骑士A：**"我不一样，给我分配的是单人间，大床房，就在导师房间隔壁，和小咪一个待遇。"

**幼　龙：**"哇，这么棒的嘛！"

**骑士A：**"那当然，我是看在你的份上才特别照顾他，不客气，这都是我应该做的。"

**幼　龙：**"你真是个好龙，谢谢学长。"

**骑士A：**"说了多少遍，叫表哥。"

**幼　龙：**"不了吧，我那么多个表哥，分不清楚。"

**骑士A：**"也行。"

**骑士A：**"你怎么知道参赛骑士住在这里，集训地点不是没有对外公开吗？又是你爸爸告诉你的？"

**幼　龙：**"不是，我这次在他面前滚了半个多小时，他都没搭理我。"

**骑士A：**"那你是怎么找到这里的？"

**幼　龙：**"我跟着大黑过来的。"

**骑士A：**"他也来了？"

**幼　龙：**"对啊，他说小咪半夜喜欢踢被子，必须得有龙看着他。"

**骑士A：**"……还有这回事？"

**幼　龙：**"那个，你们住宿条件是不是很差啊？"

**骑士A：**"还行吧，也没有特别差。"

**幼　龙:**"主办方不是连吃的都没给你们准备吗?"

**骑士 A:**"不啊，该有的食品都有……你怎么突然问这个?"

**幼　龙:**"我看到大黑的口袋里带了很多瓶瓶罐罐。"

**骑士 A:**？

## 52

雇佣兵："……"

幼　龙："咻咻咻!"

雇佣兵："你别跳了，小心摔下来碰到头。"

幼　龙："这张床好有弹性呀! 回家我也要换一张弹簧床!"

雇佣兵："都可以，你先坐下好吗，你不是长途飞行了好几个小时吗，怎么现在这么精神?"

幼　龙："我不知道呀!"

幼　龙：（蹦来蹦去）

雇佣兵："……"

幼　龙："你看我跳得多高! 你快看我呀!"

雇佣兵："好好好，真厉害。"

幼　龙："嘿嘿!"

雇佣兵："好了，可以了，时间不早了，你现在先休息，等明天起来再接着玩行不行?"

幼　龙："可是我一点都不困呀! 我还能接着蹦两个小时!"

雇佣兵："……你这孩子到底怎么回事，吃了兴奋剂吗，今天怎么突然这么亢奋。"

幼　龙："好嗨哦! 感觉龙生已经到达了巅峰!"

雇佣兵："停、停一下，你换洗的衣服带没带，牙膏牙刷和毛巾浴巾呢?"

幼　龙："在大黑那里! 我带了好大一个旅行包!"

雇佣兵："你的行李怎么在他那里啊?"

幼　龙："因为包包太重了我拿不动! 我把暑期作业也全都装进去了! 快夸我!"

雇佣兵："好, 真乖, 太自觉了吧, 下学期的年级第一就是你, 小红只能气得一个龙躲在教室角落里哭。"

幼　龙："没错! 气死他!"

幼　龙:（上蹿下跳）

雇佣兵："你继续蹦跶你的, 我去隔壁一趟, 马上回来。"

幼　龙："你去干什么呀?"

雇佣兵："我过去问问大黑, 你这是什么情况, 是龙族少儿多动症发作, 还是你患有间歇性癫痫?"

幼　龙: ?

幼　龙："我没病呀!"

雇佣兵："没病就给我安静坐好。"

幼　龙："我停不下来! 你是不是累了想睡觉了呀?"

雇佣兵："废话, 我白天集训车轮战, 剑就没放下来过, 到现在胳膊都是酸的, 我现在连褪黑素都不用吃就能一觉睡到天亮。"

幼　龙："那我不打扰你了! 我现在过去找大黑玩! 他们的房间也有蹦蹦床!"

雇佣兵："别, 亚度尼斯指导我们一天也挺辛苦, 他这会儿应该也要休息了, 你别去打扰他们, 过去拿了你的行李就赶紧回来, 实在睡不着就刷两套卷子, 知道了吗?"

幼　龙："哦。"

＊十分钟后＊

**雇佣兵：**"怎么去了这么久，你的行李呢？"

**幼　龙：**"没拿到！"

**雇佣兵：**"怎么了，大黑没给你？"

**幼　龙：**"我在门口敲了半天，没人开门！"

**雇佣兵：**"啊？"

**幼　龙：**"我明明听到里面有声音！哼！"

**雇佣兵：**（心肌梗塞）

## 53

雇佣兵："你能挪开一点吗？你顶到我了。"

幼　龙："啊？"

雇佣兵："你的角戳到我下巴了，床这么宽，你能不能睡过去一点。"

幼　龙："哦。"

*三分钟后*

幼　龙：（咕噜咕噜）

雇佣兵："……"

雇佣兵："你怎么又挤过来了？"

幼　龙："我冷。"

雇佣兵："……行，靠着我可以，但是你得把角收回去。"

幼　龙："我试过几次了，收不回去，怎么办啊。"

雇佣兵："那你暂时转过去睡，角别对着我。"

幼　龙："哦。"

雇佣兵："你尾巴怎么也出来了？"

幼　龙："我之前跳得太嗨了，没控制住，一不小心就冒出来了，我不是故意的。"

雇佣兵："……行，你现在先闭眼睡觉，不要动来动去。"

幼　龙："好吧。"

雇佣兵："尾巴收不回去也不要盘在我腰上。"

**幼　龙**："可是……"

**雇佣兵**："没有可是，自己把尾巴抱着睡。"

**幼　龙**："哦。"

**幼　龙**：（翻来翻去）

**雇佣兵**："你又怎么了？"

**幼　龙**："我睡不着。"

**雇佣兵**："卷子还没刷够？那就起来接着写两篇作文。"

**幼　龙**："我不想做题，你能不能给我讲个睡前童话啊？"

**雇佣兵**："你睡个觉要求怎么这么多……行吧，在很久很久以前，国王生了一个美丽的女儿，她的头发像碳一样黑，皮肤像雪一样白，嘴唇像苹果一样红。"

**幼　龙**："哇！"

**雇佣兵**："然后公主十八岁生日那天，乘船到海上庆祝生日，遭遇了暴风雨，她在海水中救起了溺水的王子。"

**幼　龙**："咦？"

**雇佣兵**："王子醒来后失忆了，不记得公主是他的救命恩人，还把公主当成女佣，让她穿着灰扑扑的衣服打扫阁楼。"

**幼　龙**："啊？"

**雇佣兵**："公主劳累过度，陷入昏睡，一睡就是好几年，醒来后头发已经留得很长了，于是她把头发编成辫子垂下阁楼，逃了出去。"

**幼　龙**："嗯？"

**雇佣兵**："无依无靠的公主只能在街头卖火柴度日，有一年的圣诞节，没人买她的火柴，她又饿又冷，划亮了所有火柴取暖，第二天清晨人们发现……"

**幼　龙**："发现什么？"

**雇佣兵:**"她被一只野兽带走了,野兽长得很凶恶,但是内心很善良,最后野兽变成了一个英俊的王子,和公主幸福快乐地生活在了一起。"

**幼　龙:**"可是王子之前不是把公主当成女佣吗?"

**雇佣兵:**"……那是另外一个王子,那个王子一点都不英俊,还有口臭。"

**幼　龙:**(惊恐)

**雇佣兵:**"好了,故事讲完了,赶快睡觉。"

**幼　龙:**"我明白这个故事的道理了。"

**雇佣兵:**"什么道理?"

**幼　龙:**"果然流浪的人类就是要被捡回家养起来才能得到幸福。"

**幼　龙:**(确信)

**雇佣兵:**?

## 54

**雇佣兵**:"一会儿我开始训练的时候你就乖乖坐在这里等，不要跑到场地上来，那边到处都是刀啊剑啊挥来挥去的，很危险知道吗?"

**幼　龙**:"知道了。"

**雇佣兵**:"兜帽一定要戴好，把角收回去之前都不要取下来，有什么事情随时去找大黑……"

**雇佣兵**:"算了，你干脆就扯着嗓子叫我，记住了吗?"

**幼　龙**:"记住啦。"

**雇佣兵**:"还有，不要和陌生人说话，如果有人要强行暴力把你拉走，你该怎么做?"

**幼　龙**:"这题我会，喷火烧他。"

**雇佣兵（摸头）**:"答对了，真棒。"


*二十分钟后*

**幼　龙**:"玛丽莲玛丽莲!"

**雇佣兵（飞奔）**:"怎么了?"

**幼　龙**:"你渴不渴啊?"

**雇佣兵**:"……我不渴。"

**幼　龙**:"那你热不热啊，我给你带了小风扇。"

**雇佣兵**:"……不用，出点汗很正常。"

**幼　龙**:"你要不要吃点东西啊，我这里有鸡蛋和小餐包，一直揣在兜里，还是热乎乎的。"

**雇佣兵:** "你从哪里拿的?"

**幼　龙:** "刚才路过自助餐厅的时候随手顺的。"

**雇佣兵:** "……"

**雇佣兵:** "还有别的事吗?"

**幼　龙:** "有，你想不想去上厕所啊?"

**雇佣兵:** ?

**雇佣兵:** "我不……我让你有事叫我，不是让你有事没事就叫我，你只需要把自己照顾好就可以了，不用管我，懂吗?"

**幼　龙:** "可是我要负责关注你的健康状况啊。"

**雇佣兵:** "我挺健康的，像你这样的小朋友一拳能打十个。"

**幼　龙:** ?

**雇佣兵:** "好了，我要去继续揍人了，你没事别瞎叫我。"

**幼　龙:** "可是……

**雇佣兵:** "没有可是，你要是实在无聊就提前背一背下学期的新单词，晚上回宿舍听写，写错一个抄二十遍。"

### *四小时后*

**雇佣兵:** "午休时间到了，走吧，先去食堂吃饭。"

**幼　龙:** "哦哦，马上，等我写完这一行。"

**幼　龙:**（奋笔疾书）

**雇佣兵:** "你今天怎么学习这么积极，被训练场的气氛感染了?"

**幼　龙:** "没有，我不是在写作业。"

**雇佣兵:** "那你这么一大页纸写的是什么? ……19号，瘦高，黑发寸头; 35号，金色卷发，袍子上有花; 86号，长枪，丑八怪，左撇子……你还在旁边画了简笔画? 什么东西?"

**幼　龙**："这些人都是刚才打过你的，特别是 86 号，还差点戳到你眼睛了，哼，他们一个也别想跑。"

**幼　龙**：（掏出小本本疯狂记仇）

**雇佣兵**：？

## 55

**骑士 B:**"有空吗，咱俩练练？"

**雇佣兵:**"不了，你这会儿最好别跟我比划。"

**骑士 B:**"你状态不好？"

**雇佣兵:**"不是，现在跟我对打的人以后都会被主办方恶势力针对。"

**骑士 B:** ?

**骑士 B:**"就算大家都知道初 C 肯定有后台，也不用说得这么明显吧。"

**雇佣兵:**"你以为我想这样吗？现在的孩子真的越来越不好教育了……"

**骑士 B:** ?

**雇佣兵:**"你要是想练习的话去找 86 号吧，他个人实力也挺强的，不知道为什么排名一直不高。"

**骑士 B:**"用长枪的那个？行，我一会儿去找他。"

**骑士 B:**（欲言又止）

**雇佣兵:**"还有什么事吗？"

**骑士 B:**"那个，就是，你不是找小蓝换了房间吗，你能不能跟他换回来啊？"

**雇佣兵:**"小蓝？你是说 25 号吗？"

**骑士 B:**"对。"

**雇佣兵:**"不是我找他换的，是他主动来找我换的，我本来嫌麻烦懒得换，他缠了我半天我才答应的。"

骑士B：？

骑士B："他怎么跟我说……算了，这不重要，既然你一开始不想和他换，那你今天能搬过来吗？"

雇佣兵："我行李都放好了，懒得搬……怎么了，你不愿意跟他住一间吗？你们这两天闹别扭了？我看你们平时关系挺不错的啊。"

骑士B："没有，我们关系是挺好的，但是吧……"

雇佣兵："但是？"

骑士B："他还是适合住单人间。"

雇佣兵："为什么？"

骑士B："他半夜梦游。"

雇佣兵："啊？"

骑士B："不是正常的梦游，是那种会爬到你床上，还不停对你摸来摸去的那种梦游，而且睡得死沉，叫都叫不醒。"

雇佣兵："这么恐怖的吗，兄弟。"

骑士B："亲身经历，兄弟。"

骑士B："所以和他住一起我真的压力巨大，他生活习惯也很迷，开着门洗澡，裹着浴巾找我打牌，还是那种输了就要脱一件衣服的牌局。"

雇佣兵："这么会玩？"

骑士B："我跟他说我不想欺负他，让他去把衣服穿完再来打，他说不用，他牌技超好，然后第一把他就输了。"

雇佣兵："可能他手气差吧。"

骑士B："他那把拿到了大小王和四个二。"

雇佣兵："……"

**骑士 B:** "他扯浴巾的动作太迅速了，我当时都懵了，而且他还不小心踩滑撞到我身上……你懂我的意思吗，兄弟？"

**雇佣兵:** "……我懂你意思。"

**骑士 B:** "我是真的没办法了才来找你的。"

**雇佣兵:** "有什么关系，你就当他是空气，反正他又打不过你，你还怕他来硬的把你给怎么样吗？"

**骑士 B:** "那倒不是。"

**骑士 B:** "我主要是怕我自己把持不住。"

**雇佣兵:** ？

## 56

骑士 B："怎么样，你跟他说了吗？"

雇佣兵："说了，他死活不愿意换回来。"

骑士 B："……我就知道。"

雇佣兵："你知道还让我去问？"

骑士 B："总是要试一试的……要不然干脆你跟我换？"

雇佣兵："我疯了？我还敢和 25 号住一间？"

骑士 B："你放心，他不敢把你怎么样，你不是上面有人吗。"

雇佣兵："那不是人……不是，什么我上面有人，你听谁说的？"

骑士 B："小蓝说的。"

雇佣兵：？

雇佣兵："他这是无锤造谣，我是靠实力走到这个位置的，他知道我有多努力吗？"

骑士 B："我看你上次小组对决不是全程划水……"

雇佣兵："那、那是因为……我那天高烧到 48 度，重感冒加咽喉炎，全身打了八针封闭。"

骑士 B：？

骑士 B："很强，兄弟。"

雇佣兵："25 号可能就是单纯眼红，他排名好像一直在淘汰边缘游走。"

骑士 B："他战绩确实也就一般般，但是他应该不会故意传播上位选手的黑料吧，他对自己的比赛一点都不紧张，平时训练也不怎么上心，有点随缘晋级的感觉。"

**雇佣兵:** "嗯……他会不会是装的啊？"

**骑士 B:** "什么？"

**雇佣兵:** "我说实话，我觉得他这个人不简单，至少不像表面上看起来那么普通，他虽然现在排名不出众，但我怀疑是他在故意隐藏实力。"

**骑士 B:** "……好像还有点道理。"

**雇佣兵:** "你也这么觉得？"

**骑士 B:** "我观察过他的对战实况，胜率精准保持在 50%，赢的时候每次都很轻松，输的时候反而像是在演。"

**雇佣兵:** "是吧？特别是和你 PK 那次，反向放大，闪现撞墙，绝了。"

**骑士 B:** "……我是凭实力赢的，不是靠他放水。"

**雇佣兵:** "都行。"

**骑士 B:** "你这么一说，我想起来了，他似乎和内部人员打过交道，手里有情报，也许他拿的就是后期逆天改命的剧本。"

**雇佣兵:** "走黑马路线吗？那也不是不可能，挺多人喜欢养成系的……内部人员？"

**骑士 B:** "应该是吧。"

**雇佣兵:** "谁啊？"

**骑士 B:** "不认识，好像是一个在后台碰到的男孩。"

**雇佣兵:** "男孩？多大的男孩？"

**骑士 B:** "他说大概这么高……咦？那边那个不就是吗？我记得小蓝早晨路过的时候跟那个弟弟说过，让他今天晚上来房间等他。"

**雇佣兵：** ？

**雇佣兵：** "我去，是人吗，连小孩都不放过？我看他是找烧。"

## 57

**雇佣兵：**"25 号？能不能过来一下，我有话跟你说。"

**骑士 A：**"别说了，说什么我都不会跟你换回来的。"

**雇佣兵：**"……我要说的不是这个。"

**骑士 A：**"那是什么事？"

**雇佣兵：**"你猜。"

**骑士 A：**"哦，那个，你别误会啊，上次给你的手机号码是不小心掉进去的，我对你其实没有那个意思，哈哈哈哈。"

**骑士 A：**（社交假笑）

**雇佣兵：**"号码？什么号码？"

**骑士 A：**"……没什么。"

**雇佣兵：**"算了，不说那个，你真的应该好好感谢一下你的室友。"

**骑士 A：**"啊？"

**雇佣兵：**"要不是他拦着，我的重剑就收不住了。"

**骑士 A：**"什么意思？"

**雇佣兵：**"看到那边坐着的小孩了吗？可爱吗？"

**骑士 A：**"可爱可爱。"

**雇佣兵：**"再可爱也不是你能……我去，他怎么又把灯牌举起来了。"

**骑士 A：**"哇，这么大一个，真闪。"

**雇佣兵：**"……等我一下。"

**雇佣兵:** "好了。"

**骑士 A:** "他怎么把灯牌收起来了啊?"

**雇佣兵:** "因为他不想回家路上再多买两本物理竞赛习题。"

**骑士 A:** ?

**雇佣兵:** "我也不多跟你废话,你叫他晚上去你房间干什么?"

**骑士 A:** "你怎么知道?"

**雇佣兵:** "那个你不用管,我就是想告诉你,不要被他的外表迷惑,虽然他看起来天真无邪,但动起真格来可以一拳把你头打掉,你以后离他远一点。"

**骑士 A:** "……哦,谢谢提醒。"

**雇佣兵:** "我不是在跟你开玩笑,我是认真的,你最好不要再去招惹他,知道了吗?"

**骑士 A:** "没有没有,我不是想找他的茬,我就是想跟他聊会儿天……"

**雇佣兵:** "你跟他有什么好聊的,你认识他吗?"

**骑士 A:** "……你觉得呢?"

**雇佣兵:** "你问我?"

**骑士 A:** "那就是不认识。"

**雇佣兵:** "实话跟你说,那个孩子是跟着我来的,刚才的灯牌是给我举的,包里的便当是给我带的。"

**骑士 A:** "……"

**雇佣兵:** "他有再多内部资源也不会给别人,我就是他唯一喜欢的选手,你再怎么接近他也没用,别白费那个劲,能理解我的意思吗?"

**骑士 A:** "……好的,这下我终于懂了。"

雇佣兵："懂了就好。"

骑士 A："你就是专程来炫耀的。"

雇佣兵：?

## 58

**工作人员：**"站住，你干什么的?"

**公　主：**"保洁小妹，来打扫房间卫生。"

**工作人员：**"哦，那你等会儿再来，现在选手们正在里面休息。"

**公　主：**"没事，我手脚轻动作快，不会影响到哥哥们的。"

**工作人员：**"那你先去那边杂物间拿一下工具……等等，刚才你叫他们什么来着?"

**工作人员：**（高度警觉）

**公　主：**"……"

**工作人员：**"出去。"

### *两小时后*

**工作人员：**"哎，那边那个，外来人员里面不能进。"

**公　主：**"有人点了外卖，我配送上门。"

**工作人员：**"那你先到这里登个记，送完赶紧出来。"

**公　主：**"好的。"

**工作人员：**"等等，你填的是蜂龙专送。"

**公　主：**"对啊，我就是蜂龙骑手，怎么了?"

**工作人员：**"你穿的制服是黄色的。"

**工作人员：**（高度警觉）

**公　主：**"……"

**工作人员：**"出去。"

**工作人员:**"又是你?"

**公　主:**"嗨。"

**工作人员:**"我刚看了监控,上午那个假装成清洁工的也是你?"

**公　主:**"没错。"

**工作人员:**"放弃吧,你的伪装是骗不了我的,我是受过专业培训的。"

**公　主:**"我想通了,这次我不会伪装,我要坦诚地向你交代我的身份。"

**工作人员:**"什么?"

**公　主:**"我就是公主本主。"

**工作人员:**"……"

**工作人员:**"公主就穿 59.9 元两件包邮的宅女 T 恤?"

**公　主:**"这不是普通 T 恤,这是后援会定制的应援 T,上面有字的,你看。"

**工作人员:**"土豆放心飞,豆芽永相随……这什么鬼,太土了吧。"

**公　主:**"你不懂,我们土豆女孩就是要土。"

**工作人员:**?

**工作人员:**"我确实不懂。"

**公　主:**"唉,其实我本来是冲着我本命来的,结果他前几期都不出场,我也没想到看着看着我就搞到了一个新墙头,我都好几年没爬过墙了。"

**工作人员:**"不管是本命还是墙头,你今天都不可能看得见,回去吧。"

**公　主：**"你就不能通融一下，放我进去吗，你帮我这个小忙，回去我让我爸爸封你当个四线小贵族怎么样？"

**工作人员：**"……私生果然脑子都不太好使，赶紧走，再不走我叫保安了。"

**公　主：**"既然我爸爸不好使，那我只能用我妈妈的方法了。"

**工作人员：**"啊？"

**公　主：**"吃我燃烧弹！"（扔）

**工作人员：**？

## 59

公　主：（敲敲敲）

大　黑："你找谁?"

公　主："是你! 这么巧!"

大　黑："你认识我?"

公　主："是我啊，你还记得我吗? 你从女巫手里救过我。"

大　黑："哦哦，我想起来了，我就说怎么有点眼熟，上次那个塔楼的工作人员是吧，你现在是在这里兼职?"

公　主：?

公　主："我不是工作……算了，你怎么在这里啊，你是内部人员?"

大　黑："我是随行家属。"

公　主：?

大　黑："你怎么敲这间门，迷路了吗?"

公　主："不是，我是想跟住这间的人换个房间。"

大　黑："啊?"

公　主："不是白换，我高价按天数买，还请你住附近的五星级酒店，临走再给你发红包，你觉得怎么样?"

大　黑："高价? 有多高?"

公　主："这个数。"

大　黑："单位是吨吗?"

公　主：?

公　主："你家黄金按吨记重？"

大　黑："是啊，有问题吗？"

公　主："……你是不是故意不想跟我换，求求你了，我真的很需要这间房。"

大　黑："为什么？"

公　主："说来话长，我之前在朋友圈黄牛那里买到了土豆的详细住址和房间号。"

大　黑："然后呢？"

公　主："我费尽千辛万苦，去了之后才发现里面的人不是他，他和别的选手换了房间。"

大　黑："和谁换的？"

公　主："25号，他的房间就在你隔壁。"

大　黑：？

大　黑："怪不得前几天晚上小咪说好像听到了小绿的声音，我还笑他是幻听……"

大　黑：（膝盖一疼）

公　主："小咪是谁？小绿又是谁？"

大　黑："没什么，你找土豆有什么事吗？"

公　主："就跟他握握手、说说话、合个影、要个签名、留个联系方式、晚上墙壁上钻个洞录一段他的日常，第二天看他什么时候出门再跟过去一起吃个饭什么的。"

大　黑：？

大　黑："他以前认识你？"

公　主："不认识，但是以后我只要经常在他面前刷存在感，混着混着就熟了嘛。"

大　黑："你这个行为有点危险啊，这是私生吧。"

**公　主:** "你说的话怎么跟我妈一样。"

**大　黑:** "是吗?"

**公　主:** "唉,你别管我,我自己心里有数,所以你到底能不能跟我换房间,价钱可以再商量。"

**大　黑:** "嗯……我考虑一下。"

**公　主:** "行,你好好考虑……你在给谁打电话啊?"

**大　黑:** "保安。"

**公　主:** ?

## 60

公　主："喂？有人吗？救命啊!"

大　黑："你叫吧，你叫破喉咙也不会有人放你出去的。"

公　主："你这人怎么这样啊，我招你惹你了?"

大　黑："那倒没有，但是像你这样的，我和小咪以前见识得多了，不给你一点教训，你是不会长记性的。"

公　主："小咪？怎么又提小咪?"

大　黑："你就在这里老实待着吧，我还有事，我先走了。"

公　主："等等! 你们不能关我! 你知道我爸爸是谁吗?"

大　黑："这我上哪知道。"

公　主："是国王!"

大　黑："哦，看不出来你还这么敬业，随时都要保持人设，你以前是在迪士尼乐园工作过吗?"

公　主："不是，我没骗你，我真的是公主，我有蓝 V 身份认证的，你看。"

大　黑："……哇，还真是。"

公　主："这下能让我走了吧?"

大　黑："嗯……还是不行。"

公　主："你敢囚禁公主?"

大　黑："当然，有什么问题吗？ 这也算是我们家族的传统艺能。"

公　主：?

**大　黑：**"你现在住的还是标间，比前几代公主的待遇好很多了，以前那些山洞连张床都没有。"

**公　主：**"你在说些什么乱七八糟的……大哥、大哥我错了，我再也不追私了，你放我回去吧。"

**大　黑：**"真的吗?"

**公　主：**"真的，我年纪小不懂事，这是我第一次堵酒店，以后再也不会了，我现在就把黄牛全部拉黑。"

**大　黑：**"嗯……我考虑一下。"

**公　主：**"求求你了呜呜呜。"

**大　黑：**"行，那你赶紧走，以后别来了。"

**公　主：**"好的我这就走……才怪! 吃我燃烧弹!"（扔）

**大　黑：**?

**大　黑：**（嚼嚼嚼）"嘎嘣嘎嘣。"

**大　黑：**"还有吗?"

**公　主：**"……你在搞什么啊? 你还是人吗?"

**大　黑：**"不是啊。"

**公　主：**"你到底是谁?"

**大　黑：**"我刚才看到你还是我家人类的超话主持人。"

**公　主：**"你家人类……该不会是黎明神剑?"

**大　黑：**"就是他。"

**公　主：**"这么说，你、你就是那头传说中的死亡之翼、黑死神、熔岩诞生……"

**大　黑：**"我的中二外号怎么这么多?"

**公　主：**"……不灭之烬、暗夜之影、被神诅咒的潜行者?"

**大　黑：**"那个憨憨确实给我下过诅咒，但是已经被我破除了，还破除了很多次。"

公　主："是什么诅咒啊？"

大　黑："诅咒我三百年不能和恋人约会。"

公　主：？

# 第七章

# 不要动不动就跳海

要是翻船的话，

你就爬到我背上，

我沉不下去，

可以当你的救生圈。

大　臣："不好了！公主被恶龙抓走了！"

国　王："啊？"

大　臣："她妈妈刚接到她的求救短信，绑在乌鸦腿上那种，十万火急。"

国　王："哪个妈妈，亲妈还是后妈？"

大　臣："后妈。"

国　王："她亲妈怎么不管管她啊？"

大　臣："……我觉得就是因为她亲妈太管她了，她之前才跑出去的。"

国　王："行吧，王后呢？她准备出发去捞我女儿了吗？"

大　臣："王后说她没空。"

国　王："没空？"

大　臣："王后的快递丢了，她现在正在气头上。"

国　王："怎么回事？"

大　臣："好像是运输过程中被人偷了，王后正在派人到处去找。"

国　王："就不能重新下单吗，让她别找了，我们又不差那个钱。"

大　臣："这次好像不行，她买的是全球限量单品。"

国　王："哪有什么独一份，估计是商家搞的饥饿营销。什么东西啊？"

大　臣："一面镜子。"

国　王：?

国　王："这个败家女人，她化妆间那么多镜子，还要买?"

大　臣："那面镜子不一样，它无所不知，而且有问必答。"

国　王："这么神奇? 能问问它我的第三任老婆什么时候才会出现吗?"

大　臣："……也许吧。"

国　王："多大的镜子?"

大　臣："全身镜，比我还高，但是使用说明要求它一定要被挂在墙上。"

国　王："哦，那算了，一点都不方便携带，还是我的 Siri 好用。"

大　臣："您是对的，而且使用体验一点都不好，动不动就要人充值……"

国　王："啊? 你说什么，我没听清。"

大　臣："……没什么，我刚才什么也没说。"

国　王："那我女儿这事儿怎么办啊! 我的天哪，你说说现在的孩子，叛逆期这么长，真是愁死个人了。"

大　臣："嗯……要不然我去一趟?"

国　王："不行，你走了谁帮我处理公务?"

大　臣 **(小声叨叨)**："当然是你自己处理啊，那不然要怎样?"

国　王："你说什么?"

大　臣："没什么，我说那就只能通知公主的亲妈了。"

国　王："你帮我去跟她说一声吧，她上个月把我拉黑了。"

大　臣："你们不是和平分手的吗?"

国　王："可能她担心留着我的联系方式会忍不住旧情复燃，

毕竟我们年轻的时候也轰轰烈烈过，那叫一个刻骨铭心，藕断丝连……哎，我给你说说那过去的故事吧。"

大　臣："其实我不想……"

国　王："在很久很久以前，有一个怀春的少年……"

*二十分钟后*

国　王："感人吧？"

大　臣："感人。"

国　王："你不许去给王后打小报告啊。"

大　臣："好的。"

国　王："还有别的事吗？"

大　臣："有。"

大　臣："王后在你后面窗口听了十五分钟了。"

国　王："……"

## 62

骑士 B："听说了吗？昨晚上主办方抓到了一个偷偷溜进宿舍的私生粉。"

雇佣兵："谁啊？胆子这么大。"

骑士 B："没看到，据说是在导师房间抓到的。"

雇佣兵："亚度尼斯怎么这么倒霉，遇上这种疯子，他没被占什么便宜吧。"

骑士 B："怎么可能，就算去的是个满级刺客也只会被他按在地上摩擦。"

雇佣兵："那倒也是。"

骑士 B："就在你们隔壁发生的事情，你一点动静都没听到吗？"

雇佣兵："没有，我这几天回去倒头就睡，还睡得超熟，天塌下来都吵不醒我。"

骑士 B："训练有这么累吗？"

雇佣兵："还好，没有哄孩子累。"

骑士 B：？

骑士 B："再忍忍吧，马上就能回去了。"

雇佣兵："后面还有什么项目啊？"

骑士 B："位置测评，根据这几天的集训结果，确定每个选手的位置，同一位置的选手进行团体混战，最后要淘汰接近一半的人。"

**雇佣兵：**"这么多？"

**骑士B：**"是啊，你应该会被分到 ADC 组，不过你不用担心，你认真起来不是挺厉害的吗。"

**雇佣兵：**"那倒也是。"

**骑士B：**"我应该是在中单组，打野组也有可能，但是那边竞争比较激烈，排名第二的选手也在那组，我不太想去。"

**雇佣兵：**"那你别去那组不就行了。"

**骑士B：**"没这么简单，分组名单不是我们能决定的，是选手自评加导师打分加粉丝投票，汇总以后加权平均算出来的。"

**雇佣兵：**"这么复杂？"

**骑士B：**"是啊，粉丝投票的权重还挺高，占 60% 以上，前几天让录的那个 VCR 就是给我们拉票的机会，暗示一下你的后援会你想去哪个位置。"

**雇佣兵：**"原来是这个意思……我完全不知道。"

**骑士B：**"当时不是让你谈谈集训的感受，跟粉丝说一句话吗？你说的什么？"

**雇佣兵：**"我说食堂菜味道太淡了，全靠老干妈辣椒酱救我狗命，超级下饭，强烈推荐。"

**骑士B：**？

**雇佣兵：**"不是，你不知道，这种低油低盐健康餐我是真的吃不惯，我回去以后一定要狂吃三天龙火……不是，炭火烤肉。"

**骑士B：**"都行，再坚持两天。"

**雇佣兵：**"说起来你怎么突然对赛制这么熟悉，这些规则不是没有告诉选手吗？"

**骑士B：**"那个，其实内部消息都是小蓝透露给我的，你还记得上次小蓝约在房间见面的那个弟弟吗？他好像认识主办方大老板。"

**雇佣兵：**"25 号疯了吗？还敢约他？"

**骑士 B：**"有什么不敢，我上次听到他们两个在门口聊天，那小孩是他表弟，亲的。"

**雇佣兵：**？

## 63

**骑士 A:**"好巧，你也在这个组啊。"

**雇佣兵:**"……"

**骑士 A:**"你是在紧张吗？放心，你这么强，肯定是第一……我是说我们组的第一，哈哈哈哈。"

**骑士 A:**（社交假笑）

**雇佣兵:**"谢谢，没你强。"

**骑士 A:**"你盯着我干什么？那个，我是真心这么觉得的，不是商业互吹，我们组谁有你能打啊。"

**雇佣兵:**"不敢当不敢当，这不是还有你吗？"

**骑士 A:**"你太谦虚了，本来走的就是 C 位巨星路线，嚣张一点。"

**雇佣兵:**"哪里哪里，没你谦虚。"

**骑士 A:**?

**骑士 A:**"你别这么看我了，那个，你上次来提醒过我之后，我就没去找过小绿了，真的，你看我真诚的眼神。"

**雇佣兵:**"是吗？"

**骑士 A:**"……就一次，那个什么，其实我和他也不熟，就是看见小朋友大晚上一个人在外面走来走去，怕他迷路，就叫到门口问了几句。"

**雇佣兵:**"他那是在闹脾气，不用管他，走一走吹一吹冷风自己就知道回房间了。"

**骑士A：**"怎么回事啊？"

**雇佣兵：**"他非闹着要喝咖啡，我不让。"

**骑士A：**"难怪他那天来找我……"

**雇佣兵：**"你说什么？"

**骑士A：**"……没什么，我是说赛前准备运动一定要好好做，不然一会儿可能会肌肉拉伤。"

**雇佣兵：**"好的。"

**雇佣兵：**"你尾巴露出来了。"

**骑士A：**"不可能，我又不像小绿……"

**雇佣兵：**"你变形魔法这么厉害，有空教教小绿，介绍一下经验，他老是忘记收角。"

**骑士A：** ？

**雇佣兵：**"你说你，好好的龙不做，跑来和人类抢什么工作，是金币不好抢还是火山岩不好玩？"

**骑士A：**"……"

**雇佣兵：**"其实我一直很好奇，你既然也是绿龙，为什么要叫小蓝？"

**骑士A：**"……我不是绿龙。"

**雇佣兵：**"别装了，我都知道了，小绿叫你表哥。"

**骑士A：**"我是他的表哥没错，但我是蓝龙。"

**雇佣兵：**"啊？"

**骑士A：**"我本体和他爸爸长得挺像的，都说外甥肖舅嘛，就是体型要小一点，不过没关系，毕竟我还没成年，还能长。"

**雇佣兵：**"等等，他爸爸是蓝龙？"

**骑士A：**"对啊。"

**雇佣兵：**"那他为什么会生出绿龙？"

**骑士 A:** "因为我舅妈是黄龙。"

**雇佣兵:** "……"

**雇佣兵:** "行吧。"

## 64

幼　龙："玛丽莲玛丽莲!"

雇佣兵："怎么了?"

幼　龙："那边好像有金枪鱼群,你想不想吃海鲜,我下去给你捞。"

雇佣兵："不想,你给我老实站好,不要老是在甲板上跑来跑去。"

幼　龙："你们之前就是坐这艘船过来的吗?"

雇佣兵："对,路上大概要花一天半,你有的是时间到处逛,现在先去船舱把行李放好。"

幼　龙："这是我第一次坐船,有什么注意事项吗?"

雇佣兵："有,不要动不动就跳海。"

幼　龙："哦。"

*船舱内*

幼　龙："你能不能躺在那里不要动啊。"

雇佣兵："为什么?"

幼　龙："我想给你画一幅素描。"

雇佣兵：?

幼　龙："很快的,我在学校美术课专门练习过,你等等,马上就好。"

**幼　龙**："当当当当!"

**雇佣兵**："……"

**幼　龙**："你觉得怎么样?"

**雇佣兵**："嗯……你这个，这个火柴人，画得还挺别致。"

**幼　龙**："嘿嘿，老师说这叫极简主义。"

**雇佣兵**："看得出来。"

**幼　龙**："本来我还选修过油画课，但是这次没带画具和颜料，以后有机会我给你画一幅那——么大的等身肖像，然后挂在小木屋里。"

**雇佣兵**："……可以，但没必要。"

**幼　龙**："你想不想去船头玩?"

**雇佣兵**："有什么好玩的，那里什么都没有。"

**幼　龙**："你可以站在栏杆上面，两手张开，假装你在飞。"

**雇佣兵**：?

**幼　龙**："记得还要加一条披巾，迎风飘扬的那种。"

**雇佣兵**："是不是还要说你跳我也跳?"

**幼　龙**："好呀好呀。"

**雇佣兵**："你想得美，都跟你说过少看点电影，也不要随便模仿危险动作……你看的是删减版还是完整版?"

**幼　龙**："我在音乐课上看的主题曲 MV。"

**雇佣兵**："……行。"

**幼　龙**："为什么电影还有删减版啊?"

**雇佣兵**："因为有些内容小孩子不能看。"

**幼　龙**："什么内容啊?"

**雇佣兵**："就是……惊悚恐怖的内容，你看完会做噩梦。"

幼　龙："坐船很恐怖吗?"

雇佣兵："当然，海上航行是很危险的，可能会撞上冰山，还可能遇到海底巨兽要占用你一点时间向你介绍它们的天父和救世主。"

## 65

**雇佣兵**："怎么了，脸色突然这么不好看?"

**幼 龙**："……"

**雇佣兵**："我骗你的，没有海底巨兽，也没有什么冰山，你胆子怎么这么小，一点都不经吓。"

**幼 龙**："不是，我肚子有点不舒服。"

**雇佣兵**："你昨天晚上又偷偷喝冰咖啡了?"

**幼 龙**："我没有。"

**雇佣兵**："那是怎么回事?"

**幼 龙**："这个地板，一直晃来晃去的，椅子也在跟着抖，我坐都坐不稳，烦死了这个地板。"

**雇佣兵**："和地板没关系，你没发现整个房间都在晃吗? 坐船都是这样的。"

**幼 龙**："你不觉得晕吗?"

**雇佣兵**："这种程度还行吧，小风小浪而已。"

**幼 龙**："那如果是大风大浪会怎么样啊?"

**雇佣兵**："会翻船。"

**幼 龙**："你会游泳吗?"

**雇佣兵**："会一点。"

**幼 龙**："那你可以从这里游到岸上吗?"

**雇佣兵**："怎么可能，你以为我是亚瑟·库瑞 ① 吗?"

---

① 亚瑟·库瑞，即海王，是美国 DC 漫画旗下的超级英雄，拥有极快的游泳速度。

**幼　龙**："那、那要是翻船的话，你就爬到我背上，我沉不下去，可以当救生圈。"

**雇佣兵**：？

**雇佣兵**："谢谢，但是你直接带着我飞走岂不是更方便，为什么非要泡在水里？"

**幼　龙**："……对哦。"

**幼　龙**："人类是不是天生都很怕水？"

**雇佣兵**："不一定，我就不怕。"

**幼　龙**："那我之前刚把你带回家的时候，你怎么连洗澡都不愿意啊？"

**雇佣兵**："……我们一般不会在水温80℃的火山泉眼里洗澡，那样可以洗，但一辈子只能洗一次。"

**幼　龙**：？

*三十分钟后*

**雇佣兵**："你现在头还晕吗，要不要吃点东西？"

**幼　龙**："比之前更晕了，不敢吃，吃完会吐。"

**雇佣兵**："要不然这样，等晚上甲板没人的时候，你直接变成龙形先飞回家。"

**幼　龙**："我不想……"

**雇佣兵**："等等，干脆让大黑陪你一起，你一个未成年龙自己走……飞夜路，总感觉不太安全。"

**幼　龙**："可是……"

**雇佣兵**："没有可是，回去好好休息。"

**幼　龙**："可是大黑登船之前就已经飞走了，头顶上坐着小咪，爪子里牵着一条绳子，绳子底下还拴着一个没见过的姐姐。"

**雇佣兵**：？

## 66

公　主：（昏迷中转醒）这、这是什么地方？"

大　黑："我一百多年前住过的山洞，怎么样，是不是很宽敞。"

公　主："你、你把我带到这里来干什么？"

大　黑："当然是干恶龙该干的事。"

公　主："我的天啊，难道你对我……"

大　黑："当然是绑架公主，你那是什么眼神。"

公　主："大哥，不是，大爷，我错了，我这次是真心知错了，我有眼不识泰山，我真的不是故意来打扰你的……"

大　黑："打扰玛丽莲也不行，他是我罩着的龙罩着的人，你以后不要再打他的主意，知道吗？"

公　主："我知道我知道……咦？"

公　主："……为什么我搞的偶像背后都有龙啊，我这是什么体质啊？"

大　黑："怎么，你有意见？"

公　主："没有没有。"

大　黑："那就好，接下来的时间你一个人在这里老实待着，我很忙，没事别叫我，有事也别叫我，我不会管你的。"

公　主："等等，你还是放我回去吧，我是为你好，免得到时候我爸爸冲动之下再派一群骑士过来屠龙，承诺谁能救出我就把我嫁给谁，那多不合适……"

大　黑："的确挺不合适的。"

公　主："是吧。"

大　黑："毕竟皇家骑士团是龙骑士军团的后备役，龙骑士军团初代团长又是我的人，哪个不长眼的骑士想不开要对我动手。"

公　主："那、那你准备一直把我关到什么时候？"

大　黑："你放心，不会关太久的，把你养在这里纯粹浪费饲料。"

公　主："……可是你给我留的全是过期罐头啊。"

大　黑："不想吃的话可以饿着，不必勉强。"

公　主："……"

大　黑："你又在搞什么小动作，还想用燃烧弹砸我？"

公　主："不是，我在掏纸笔。"

大　黑："就算你叠纸飞机的技术再好，求救信也是飞不出去的。"

公　主："我是准备写遗书。"

大　黑：？

公　主（奋笔疾书）："求求各位姐妹一定要把我 CP 最新的文包和色图烧给我，记得 TXT 要完整版，图片倒着烧……"

大　黑："……"

大　黑："你又不是第一次被绑架，心理素质怎么这么差……算了，不吓你了，我已经跟国王谈好了，只要他今晚十点之前拍下宝贝链接，明天我就送货上门。"

公　主："什、什么链接？"

大　黑：＊分享链接＊

**公　主：** * 宝贝详情页：清仓处理山洞直销夏季新款国王之女现货包邮（库存紧张）*

**公　主：** ?

## 67

**公　主**:"呕……"

**大　臣**:"你还好吧?"

**大　黑**:"她没事,就是路上风太大,有点上头。"

**大　臣**:?

**大　臣**:"那个,如果可以的话,能早点结束吗? 我赶时间。"

**大　黑**:"公务这么繁忙的吗?"

**大　臣**:"不是,我要赶回家看直播。"

**大　黑**:?

**大　臣**:"你提的条件国王都可以答应,就是要求支付的黄金数量有点多,不知道能不能接受巨龙分期付款。"

**大　黑**:"嗯……也行,但是张贴在王城公告栏的道歉声明要多置顶一周。"

**大　臣**:"可以可以。"

**大　黑**:"声明最好不要有语病和错别字,前因后果都要写清楚,不要让我发现有人还想推卸责任或者转移重点,知道吗?"

**大　臣**:"不会不会。"

**大　黑**:"还有,给我准备一辆马车和一张地图,我们回程的路上要用,小咪不太喜欢夜间飞行。"

**大　臣**:"没问题,要不要再叫个代驾?"

**大　黑**:"不用,我车技很好的。"

大　臣："……行吧。"

大　臣："最近几天王城大道在封锁施工，你可能需要绕点小路，我一会儿给你在地图上标注一下。"

大　黑："谢谢。"

大　臣："不客气，还有什么需要的吗?"

大　黑："你说的那条小路，周围环境怎么样，是不是很偏僻?"

大　臣："是穿越森林的一条路，确实有点偏，光线不太好，但好处是路上没什么同行车辆，不容易堵车。"

大　黑："这样啊……那个，马车要软座的，多往里面铺几层垫子。"

大　臣："你放心，夜间天气冷，我们会准备好保暖用品的。"

大　黑："我倒不是怕冷……哦，还有一点，车厢一定要选隔音的。"

大　臣："其实没必要，那条路上挺安静的，没什么噪声。"

大　黑："我知道，所以隔音效果一定要好。"

大　臣：?

大　黑："就这样吧，你赶紧把人带走，回去让她家长好好教育一下，不要再有下次。"

大　臣："一定一定。"

大　黑："那行，我先带小咪去吃个饭，你抓紧时间准备我要的东西，搞快点。"

大　臣："好的好的。"

*半小时后*

公　主："咳咳咳!"

大　臣："先喝点水，等会儿见到你家长，第一件事情先认错，态度要诚恳，你知道赎你出来多费钱吗？起码是我五年的年终奖。"

公　主："……哈哈！"

大　臣：？

公　主："我不活啦！"

大　臣："不至于不至于。"

公　主："我今天就要从塔楼楼顶跳下去。"

大　臣："没必要没必要。"

公　主："是吗？你看看今晚的实时热搜。"

大　臣：？

大　臣：＃黑死神用麻绳挂公主＃＃蒸煮亲自下场挂私生＃

（组图）

## 68

恶　魔："怎么样，集训辛苦吗?"

雇佣兵："还好。"

恶　魔："你怎么出去晒了一周还是这么白啊?"

雇佣兵："天生的。"

雇佣兵："倒是你，怎么会突然变成黑皮?"

恶　魔："我这段时间天天顶着大太阳出外勤，在各个路口发调查问卷，一站就是几个小时，不收齐三百张有效问卷要被客户扣钱。"

雇佣兵："有点惨，兄弟。"

恶　魔："那个憨憨还隔三差五催进度，半夜打电话改方案，动不动就要投诉到我领导那里去，我这辈子都没遇到过这么难搞的甲方。"

雇佣兵："哪个甲方这么讨打?"

恶　魔："还能是谁，那个佣兵团长。"

雇佣兵："……"

雇佣兵："他还没放弃找人吗?"

恶　魔："没有。"

雇佣兵："嗯……你能不能这样，随便写一份死亡说明，跟他说他要找的人失足跌落火山口被烧得灰都不剩，让他付完尾款赶紧走人。"

恶　魔："那怎么行，这种行为是欺骗消费者，不符合真实公允原则，被外审发现是会出具否定意见审计报告，影响公司商誉的。"

**雇佣兵**：？

**雇佣兵**："你们恶魔的种族天赋不就是坑蒙拐骗吗？这么追求职业道德的话你怎么不干脆去当天使？"

**恶　魔**："那是以前，社会在发展，时代在进步，现在公司准备向国际化现代企业转型，内部控制体系也要跟上，特别需要重视企业社会责任这方面，CSR 你懂吗？"

**雇佣兵**："……"

**雇佣兵**："你就不能直接辞职吗？"

**恶　魔**："不行，还是要有自己的事业，怎么可以当一条咸鱼被龙包养。"

**雇佣兵**：？

**雇佣兵**："我怀疑你在内涵我。"

**恶　魔**："没有没有，你怎么能叫咸鱼，你不是正在积极准备 C 位出道吗。"

**雇佣兵**："嗯……倒也不是特别积极，我现在越来越感觉那个团里的人都不太正常。"

**恶　魔**："是吗？果然男团不好混，不过那群骑士确实挺能打的。"

**雇佣兵**："这周六龙骑 101 主题考核 35 进 20，小绿那里有内场票，感兴趣的话我可以帮你拿一张。"

**恶　魔**："啊，可恶，那天我有别的安排。"

**雇佣兵**："什么安排？"

**恶　魔**："工作安排。"

**雇佣兵**："周末还要加班？"

**恶　魔：**"唉，996 都是这样的，而且我蹲点这么久，好不容易有目击者愿意提供情报，我肯定不能放人鸽子。"

**雇佣兵：**"……目击者?"

**恶　魔：**"有家小酒馆的老板跟我说，他好像认识失踪的 0018 号，前段时间还到他店里喝过酒，和别人打了一架，打坏他两套桌椅，至今未赔。"

## 69

恶　魔："你最后一次见到他是什么时候？"

**酒馆老板**："一个多月以前。"

恶　魔："你确定他就是画像里的人？"

**酒馆老板**："确定，虽然他本人和画像长得不太一样，但是他曾经戴着员工胸牌来过我们店，我记得那个编号。"

恶　魔："你能详细描述一下上次见到他的经过吗？"

**酒馆老板**："他很长时间没来，上次来的时候出手突然变得很大方，开口就要 82 年的拉菲。"

恶　魔："哇，看不出来，还以为这里就是个普通平价小酒馆，没想到这么高级。"

**酒馆老板**："并不，我们菜单上最贵的饮料只提供麦芽啤酒……说起菜单，这一页是我们店本季新品，夏日限定，要不要来一杯？"

恶　魔："啊，那个，我们工作时间不能饮酒……"

**酒馆老板**："背面也有不含酒精的版本。"

恶　魔："……行吧。"

*＊十分钟后＊*

恶　魔："你和 0018 号聊天的时候有没有得到什么信息？"

**酒馆老板**："我们没聊多久，他好像过去几个月在做什么兼职，我记得他说是……24 小时在线陪聊。"

**恶　魔**：？

**恶　魔**："他是网站主播？"

**酒馆老板**："不清楚，可能吧，我只知道他舞剑挺厉害的，不知道他还会不会喊麦和摇手花。"

**恶　魔**："那他身边还有别的人吗？"

**酒馆老板**："他在吧台的时候是一个人，后来有个小孩找他，他一开始还想装不认识……实话跟你说，我怀疑那是他的私生子。"

**恶　魔**："啊？"

**酒馆老板**："那个小孩一直表现得很黏他，而且刚来就办了我们店的白金会员卡，我觉得可能是他和哪个富家小姐不能公开身世的孽崽，你懂的，合法丈夫无法生育，妻子含泪重金求子……

**恶　魔**：？

**恶　魔**："停、停一下，你能描述一下那个孩子的长相吗？"

**酒馆老板**："就是……地主家的傻儿子。"

**恶　魔**：？

**酒馆老板**："说起白金会员卡，虽然看上去有点贵，但其实性价比很高，不仅日常消费可以打 7.5 折，卡座免预约，生日当天寿星在本店喝酒还可以免单……"

**恶　魔**："买不起，谢谢，主要是这个发票我也不能报。"

**酒馆老板**："哦。"

**酒馆老板**："那个什么，我们快要到营业高峰期了，时间很紧张，你还能问最后一个问题。"

**恶　魔**："……"

**恶　魔**："你之前说他那天在店里和别人打了一架，被揍的人躺了一个多月现在都没出院，你知道那个人是谁，住在哪里吗？"

**酒馆老板：**"嗯……知道。"

**恶　魔：**"是谁？"

**酒馆老板：**"不好意思，你的问题次数用完了，我要去服务其他桌的客人了，欢迎下次光临，慢走，拜呀。"

**恶　魔：**？

## 70

同　桌："你终于回来啦!"

恶　魔："我最近不是一直都这个点到家吗，你这么激动干什么。"

同　桌："我很平静呀! 完全预料不到接下来会发生什么惊险的事情呢!"

恶　魔：?

恶　魔："你在说些什么乱七八糟的。"

同　桌："啊! 快看你背后!"

医　生："嗨。"

恶　魔："你怎么在这里?"

同　桌："天啊! 是你! 你是怎么突然进来的! 之前完全没有发现你呢!"

恶　魔：?

恶　魔："不是你给他开的门吗? 他面前那盘苹果一看就是你给他削的，说起来你为什么老是那么执着于削兔子苹果啊?"

同　桌："兔兔苹果不可爱吗……不是，我的意思是我什么都不知道，不关我的事。"

恶　魔："算了……大晚上的，你来干什么? 又想收集我的身体组织? 你这个龙怎么这么变态啊。"

医　生："既然你说我是变态，那我就变态到底，我不仅馋你的身子，还要当着小红的面把你绑架回家。"

恶　魔：？

恶　魔："别做梦了。"

同　桌："对！你这个邪恶的带恶龙！我是不会让你得逞的！"

医　生："想拦我？就凭你？放马过来吧。"

同　桌："看……招……"

医　生："我……躲……"

同　桌："可……恶……"

医　生："偷……袭……"

同　桌："啊！我被击中啦！"

医　生："补……刀……"

同　桌："啊！我站不起来啦！"

医　生："哈哈哈，你就好好趴着吧。"

同　桌："草……莓……"

医　生："别挣扎了，没用的，他的去留由不得你。"

同　桌："呜呜呜对不起草莓，我已经尽力了，你千万不要怪我，你等着，我一定会救你回来的呜呜呜呜。"

恶　魔："……"

医　生："怎么了？被吓得说不出话了？"

恶　魔："你们……"

医　生："我们打起架居然这么凶残？"

恶　魔："……你们台词功底真是有够烂。"

医　生＆同　桌：？

恶　魔："还有，现场演戏就不要搞这些花里胡哨的特效，什么慢动作、细节特写、定点镜头……累不累啊？"

**恶　魔:** "说吧，到底怎么回事?"

**同　桌:** "你不要生气，我本来也不想骗你，是医生说必须要这样的。"

**恶　魔:** "啊?"

**同　桌:** "他说这是标准流程，演得越像越好，打戏一定要到位，冲突一定要激烈，特别是最后那场哭戏情绪一定要饱满，要营造出一种我拼尽全力也不能阻止他把你抢走的悲壮感，不然你以后可能会记我的仇……我还专门报了戏剧表演速成班，排练了好久的。"

**恶　魔:** ?

—— 第八章 ——

# 有内龙，终止交易

我一定会好好报答你，

想来想去，

我只能以身……以身作则，

用我的力量多多帮助其他需要帮助的人，

把这份爱心传递下去。

## 71

**雇佣兵（接通电话）**："喂？"

**恶　魔**："兄弟，江湖救急。"

**雇佣兵**："什么？你说话声音怎么这么小，听不清楚。"

**恶　魔**："我不能太大声，我现在正躲在一个装试剂的冷柜里。"

**雇佣兵**：？

**雇佣兵**："你在哪儿？"

**恶　魔**："我在医院，三楼一号手术室旁边，情况很紧急，你先别问，赶紧过来捞我。"

**雇佣兵**："行，我马上出门……小红呢，他知道你有危险吗？"

**恶　魔**："……"

**恶　魔**："不要跟我提他。"

**雇佣兵**：？

**恶　魔**："我今天才知道，熊孩子是不分物种的。"

**雇佣兵**："什么意思？"

**恶　魔**："意思就是，你回去跟你家小绿说，上学期他作业找隔壁班同学代写被老师发现那次，还有自习课在最后一排看漫画书被年级主任收缴那次，都是小红打的小报告，让他开学以后好好揍小红一顿，千万别客气。"

**雇佣兵**：？

**雇佣兵**："你平时不是挺护犊子的吗？"

**恶　魔:** "是啊，我那么多次在小绿抢他零食、偷他卷子的时候挺身而出，他就是这么报答我的……还有那么多次摇篮曲哄睡服务，终究是错付了。"

**雇佣兵:** "……到底怎么回事?"

**恶　魔:** "他和医生合伙起来针对我。"

**雇佣兵:** "那个一直觊觎你肉体的变态医生?"

**恶　魔:** "没错。"

**雇佣兵:** "不会吧，小红舍得把你送过去切角割尾巴吗?"

**恶　魔:** "倒不是尾巴……那个，是要割别的地方。"

**雇佣兵:** "你阑尾炎发作了?"

**恶　魔:** "不是。"

**雇佣兵:** "盲肠炎?"

**恶　魔:** "也不是。"

**雇佣兵:** "那是为什么? 你翅膀底下长了息肉?"

**恶　魔:** "我没生病，咳，是这样，他们以为这段时间是我的发情期……"

**雇佣兵:** ?

**雇佣兵:** "停、停一下，你发情让我过去帮你?"

**恶　魔:** "我不是……"

**雇佣兵:** "有没有搞错，我把你当兄弟，你把我当什么?"

**恶　魔:** ?

**恶　魔:** "不不不，不是这样，你听我解释……"

**雇佣兵:** "不听不听。"

**雇佣兵:** （挂断）

## 72

**雇佣兵（接通电话）：**"喂？"

**恶　魔：**"是我，你先别挂。"

**雇佣兵：**"求我也没用，我是一个有原则的人，绝对不行，你也不必痴心妄想。"

**恶　魔：**"……"

**雇佣兵：**"而且实话说，你不是我喜欢的类型，虽然很多人都觉得黑皮白毛很辣，但这款设定不是我的菜。"

**恶　魔：**"……"

**雇佣兵：**"角和尾巴算是我最近产生的萌点，但是你的尾巴不够肉嘟嘟，手感肯定不行，我拒绝。"

**恶　魔：**"……"

**雇佣兵：**"怎么不说话？"

**恶　魔：**"因为我正在拼命摇头。"

**雇佣兵：**"啊？"

**恶　魔：**"兄弟，你这个人怕是有点自信过头，你真以为你是什么人见人爱的绝美马铃薯吗？后援会的彩虹屁当真害人不浅。"

**雇佣兵：**？

**恶　魔：**"你放一万个心，我就算真到了发情期也不会找你的，更何况我根本就没有发情期这种东西。"

**雇佣兵：**"你没有？那你体检的时候……"

**恶　魔**："那个庸医根本就不懂，虽然我的生理功能很健全，但我现在正处于事业上升期，一个全身心投入工作的合格社畜怎么可能有多余的精力用来搞其他事。"

**雇佣兵**："……行吧。"

**恶　魔**："所以你能不能少脑补一点那些不健康的东西，早点过来，这里面好闷，我有点缺氧。"

**雇佣兵**："那行，你先继续在原地躲着，再坚持一下，等我来了再出柜。"

**恶　魔**："好……"

**恶　魔**："……好像哪里不对？"


*＊五分钟后＊*

**骑士B（接通电话）**："喂？"

**雇佣兵**："是我，朋友，江湖救急。"

**骑士B**："啊？"

**雇佣兵**："废话不多说，我马上把地址发给你，你尽快过来，别走大门，最好直接翻三楼窗户。"

**骑士B**："好的……需要我带什么东西吗？"

**雇佣兵**："把剑带上，有条件的话再带个灭火器。"

**骑士B**："我怎么会随身携带这种东西……"

**雇佣兵**："没有灭火器的话提两桶水也行。"

**骑士B**："你家着火了？"

**雇佣兵**："没有，我不在家。"

**骑士B**："那是什么地方着火了？你找我没用，我又不是消防员，你先打火警电话……"

**雇佣兵**："不是，是我们这次的对手或许会喷火，我一个人感觉搞不定。"

**骑士 B：** ？

**骑士 B：** "怎么可能，什么人这么嚣张，他以为他是龙吗？"

**雇佣兵：** "嗯……他还真是。"

**骑士 B：** ？

## 73

**恶　魔：**"……"

**雇佣兵：**"……"

**骑士 B：**"……"

**医　生：**"唉，你说你们，一个接一个地送，尴不尴尬，你们这种行为很容易让我联想到一部经典的东方动画片。"

**恶　魔：**"……"

**雇佣兵：**"……"

**骑士 B：**"……"

**恶　魔：**"你怎么知道我躲在这里？"

**医　生：**"这还不简单，烙印的功能之一就是防走失定位系统，我一打开监护页面就能清清楚楚看到你的实时坐标。"

**恶　魔：**"……那你之前怎么一直没找到我？"

**医　生：**"那是我故意配合你，既然你这么喜欢躲猫猫，我想给你一点游戏体验。"

**恶　魔：**？

**医　生：**"还有你，玛丽莲，你跑过来凑什么热闹，绝育手术做完要静养几周，你接下来还有比赛，本来我没想安排你的。"

**雇佣兵：**"你最好永远别想。"

**医　生：**"不过有句老话说得好，来都来了……"

**雇佣兵：**？

**医　生：**"还有这边这位没见过的新朋友，你有龙吗？没有的话要不要我给你介绍一个?"

**骑士 B**:"……什么?"

**医　生**:"像你这种品相的肯定有很多龙抢着要……说回正事,我建议你们三个现在就拼团凑单,正好这个月在搞活动,手术费满五万减八千,还附赠一次体内驱虫。"

**骑士 B**:?

**医　生**:"好了,别紧张,都放松一点,麻药很快就起效,好好睡一觉,你们不会感觉到痛的。"

**骑士 B**:"你、你不要乱来,我警告你,我们还有后援。"

**医　生**:"哦,是吗?"

**骑士 B**:"真的,不是我在虚张声势,我过来之前也叫了人帮忙。"

**医　生**:"人呢,怎么没看到?"

**骑士 B**:"……他还在路上。"

**医　生**:"无所谓,论战斗水平我们根本就不是一个级别的,你就算叫来一面包车人也没用。"

**雇佣兵**:"等等……你叫的那个后援该不会是 25 号吧?"

**骑士 B**:"就是他。"

**雇佣兵**:"……"

**医　生**:"25 号是谁?"

**雇佣兵**:"你不知道?你没看过龙骑 101?"

**医　生**:"我一天到晚忙着写论文,哪里有时间看那种无聊的选秀节目。"

**雇佣兵**:"嗯……没关系,你马上就会知道了,在那之前我有两个字送给你。"

**医　生**:"什么?"

**雇佣兵**:"快,逃。"

## 74

**医　生：**"小蓝啊，你这孩子，有话好好说行不行，你先把手上那台仪器放下。"

**骑士A：**"我不。"

**医　生：**"我又不是想伤害他们，你发这么大火干什么！我跟你说，你要相信科学，适龄绝育也是为他们好。"

**骑士A：**"是吗？"

**医　生：**"当然，绝育的好处有很多，比如出门闲逛的频率会变少，不会在家里到处做标记破坏桌椅，预防泌尿系统疾病，而且性格也会变得更加温和……"

**骑士A：**"可我就喜欢看他凶人的样子。"

**医　生：**？

**骑士A：**"你知道在那群袍子上绣花的骑士里找个顺眼有多难吗？你居然对我百里挑一的人类出手，你还是不是龙啊你！"

**医　生：**？

**医　生：**"讲道理，我又不知道他是你的人，他脸上又没写你名字。"

**骑士A：**"那又怎么样，他那张脸一看就和我很有那个什么，夫妻相。"

**医　生：**"……"

**医　生：**"你、你要是砸我办公室，就不怕我以后告诉你家长吗？"

**骑士A:** "行,那我也可以告诉小绿,你想要切掉他家土豆的小土豆。"

**医　生:** "……"

**骑士A:** "你要想清楚,虽然小绿平时被管得服服贴贴的,但是我舅妈这几天不在家,他要是真发起脾气,没有龙劝得住。"

**医　生:** "我就是吓吓他,又没有真的要给玛丽莲绝育,已经被领养的人类要动手术必须先经过饲主签字同意的,你别去乱说啊。"

**骑士A:** "是吗?"

**骑士A:** "你这次把玛丽莲吓得不轻,小绿可能不会追究,但是玛丽莲还是小咪新收的小弟,你知道小咪有多护短吧?"

**医　生:** "……你有事说事,把小咪扯进来干什么。"

**骑士A:** "因为我知道这幢房子经不起大黑两口火。"

**医　生:** "……"

**医　生:** "说吧,你有什么条件?"

**骑士A:** "之前小咪和玛丽莲打的那种进口烙印,你这里还有吗?"

**医　生:** "有。"

**骑士A:** "给我来一套。"

**医　生:** "好的,你刷微信还是支付宝,信用卡也可以。"

**骑士A:** "我刷脸。"

**医　生:** "……"

**医　生:** "你知道进口烙印一针有多贵吗?你这是敲诈。"

**骑士A:** "嘻嘻,我就是。"

**医　生:** "……你就算拿到了烙印,也没有专业医护龙员帮你打,何必呢。"

**骑士 A:** "开什么玩笑，当然是我自己来，我是不会允许其他龙碰我老公的精壮肉体的。"

**医　生:** ？

## 75

**骑士 A:** "你醒啦。"

**骑士 A:** "你已经睡了三百年了。"

**骑士 B:** "……"

**骑士 A:** "好了,不逗你了,你只睡了三个小时。"

**骑士 B:** "……这里是什么地方?"

**骑士 A:** "酒店标间,你先躺着,暂时别起来,麻药还没失效。"

**骑士 B:** "行。"

**骑士 B:** "……麻药虽然还没完全失效,但我的腹部也不是毫无感觉。"

**骑士 A:** "挺好的,这说明你在慢慢恢复。"

**骑士 B:** "……所以你能不能别摸了。"

**骑士 A:** "哦。"

**骑士 B:** "你怎么把我弄出来的,那个医生呢?还有土豆和他那个长角的朋友,他们现在安全吗?"

**骑士 A:** "你放心,他们没事,至于医生……他倒是也没受什么伤,可能心理创伤比较严重吧。"

**骑士 B:** ?

**骑士 B:** "你知道那个医生其实是龙吗?"

**骑士 A:** "知道,那又怎么样,龙有什么了不起,龙就可以随便对我看上的人出手吗?"

**骑士 B：**"我的意思是，你在比赛里连我都打不过，这次怎么打得过龙？"

**骑士 A：**"……啊，那个，就是，超常发挥，那个什么，肾上腺素狂飙，看到珍视的朋友被绑架所以爆发出小宇宙什么的。"

**骑士 B：**"……是这样吗？"

**骑士 A：**"是啊，《妖精的尾巴》你看过吗？一个道理，不管遇到多么强大的敌人，只要开局献祭同伴就能获得必胜魔法，同伴被虐的凄惨程度和魔法的无敌程度成正相关。"

**骑士 B：**"嗯……虽然不清楚这其中的科学道理，不过你说什么就是什么吧，反正我晕过去了什么也没看见。"

**骑士 A：**"一点也没看见吗？"

**骑士 B：**"我连你什么时候到的都不知道，本来还想找机会告诉你不要来送的，手藏在背后盲发了一条短信，你是不是没收到？"

**骑士 A：**"你说的短信是不是这条。"

**骑士 A：** * 有内龙，终止交易 *

**骑士 B：**"收到了你怎么还来？"

**骑士 A：**"我要是不来，你不就凉了吗？"

**骑士 B：**"……也是。"

**骑士 A：**"我这次冒着这——么大的危险，帮了你这——么大一个忙，你是不是得好好感谢我一下啊？"

**骑士 B：**"肯定的，我一定会好好报答你，想来想去，我只能以身……"

**骑士 A：** ！

**骑士 A：** 我最期待的画面终于要出现了。

**骑士 B:** "……以身作则，用我的力量多多帮助其他需要帮助的人，把这份爱心传递下去。"

**骑士 A:** ?

**骑士 A:** "你是不是报不起?"

## 76

幼　龙："……"

同　桌："那个，我都跟你解释半天了，你到底有没有在听我说啊？"

幼　龙："……"

同　桌："不是，这事情真的不能怪我，我也是被医生忽悠的，他收了我那么大一笔手术费，现在都还没退，我下学期的《幼龙画报》都没钱订了。"

幼　龙："你先回答我一个问题。"

同　桌："什么？"

幼　龙："你脖子上戴的到底是个什么东西？"

同　桌："……伊丽莎白圈。"

幼　龙：？

幼　龙："没看出来你还有这种癖好。"

同　桌："我没有，是草莓非要我戴的，本来这个是专门给他买的，上面还有卡通小草莓图案，我在宠物用品店挑了好久的。"

幼　龙："你为什么要跑到外面去买？你可以找大黑借一个，他家也有。"

同　桌："真的吗？"

幼　龙："就是那种套在脖子上的圈圈，我见过，虽然比你这个细一些，但是应该差不多凑合能用。"

同　桌："哇，大黑家怎么什么都有。"

幼　龙："这个算什么，他前几天还带回家一辆马车，四匹马拉的那种，轮子有这么高。"

同　桌："在哪里在哪里？我也想坐坐。"

幼　龙："就停在他的山洞里面，但是那次他不让我进去玩，说车厢还没清理完毕，以后有机会再说。"

同　桌："车厢里还有这么多垃圾啊？"

幼　龙："他说味道没散干净……可能是马粪的味道太大了吧，那几匹马看起来都很能吃的样子，肯定也很能拉。"

同　桌："可是彩虹小马拉的都是彩虹糖。"

幼　龙：？

同　桌："是真的，我在电视上看到过，我想想……哦，遇上彩虹，吃定彩虹。"

幼　龙："……"

幼　龙："什么彩虹小马，那几匹马都是白的，人类只会养白颜色的马，负责养马的人就叫白马王子，知道吗？"

同　桌："哦。"

幼　龙："说起彩虹小马，你看它的翅膀，像不像上次我被年级主任收缴的那两本漫画书。"

同　桌："哪里像了……咦？"

幼　龙："我知道是你打的小报告。"

同　桌："……我错了哥，我不是故意的，再说那都是上学期的事情了，你能不能不要跟我计较啊，我以后再也不这样了。"

幼　龙："不是，我就是没想明白，那两本漫画书你不是也要看吗？你举报我对你自己有什么好处？"

**同　桌：**"那个……其实，我是为了得到那一周的流动小红花。"

**幼　龙：**？

**同　桌：**"你不知道，戴在胸前可好看了，和我的鳞片颜色简直就是绝配。"

**幼　龙：**"……"

**幼　龙：**"我看你像个小红花。"

## 77

**雇佣兵**："兄弟，上次多谢你了。"

**骑士B**："谢我干什么，我又没帮上什么忙，全靠小蓝我们才出得去。"

**雇佣兵**："倒也是，你那天晕得比谁都快。"

**骑士B**："……"

**骑士B**："你好像没怎么晕，你和你朋友抗药性还挺强的。"

**雇佣兵**："我们体质不一样，起码要用你五倍的剂量才能放倒。"

**骑士B**：？

**骑士B**："说起来你和那个朋友怎么认识的？他说他是恶魔，你不会和他有过什么交易吧。"

**雇佣兵**："怎么可能，以我的谨慎程度，连信用卡都没办过，灵魂契约是能随便乱签的吗？"

**骑士B**："确实，我听说和恶魔签订契约的人95%以上都会后悔。"

**雇佣兵**："你听谁说的？"

**骑士B**："小蓝。"

**雇佣兵**："啊？"

**骑士B**："他跟我说要警惕非人生物，什么恶魔啊精灵啊通通不靠谱，就会在合同里面挖陷阱，要实现愿望还是得找龙，只有龙才是人类最好的甲方。"

**雇佣兵**："……"

**骑士B**: "他还说你肯定对这一点深有体会，什么意思啊，你不会真的背后有龙吧?"

**雇佣兵**: ?

**雇佣兵**: "不是，那个，他是想说，我被以前的老板剥削得很惨，所以才裸辞报名参加比赛，龙骑士收入又高事情又少，还有稳定终身编制，当然是社畜的梦想工作。"

**骑士B**: "嗯……好像很多骑士都这么想。"

**雇佣兵**: "你不这么想吗?"

**骑士B**: "我之前没想这么多，我一直觉得当个骑马的骑士也挺好的，本来参加节目也是被团长抓壮丁……谁知道后来能挺过这么多轮，可能这就是无心插柳吧。"

**雇佣兵（小声）**: "我看小蓝就是那个柳……"

**骑士B**: "你说什么?"

**雇佣兵**: "没什么，我什么也没说。"

**骑士B**: "而且龙骑士和龙是终身绑定的，又不像别的工作三年一续约，万一和你绑定的龙脾气不好，没办法正常相处怎么办?"

**雇佣兵**: "这个好办，揪他尾巴。"

**骑士B**: ?

**雇佣兵**: "……那什么，我是想问，你平时和小蓝相处起来感觉怎么样?"

**骑士B**: "感觉还可以……但是这和小蓝有什么关系?"

**雇佣兵**: "那就行了，你想，连小蓝这种性格的你都能忍受得下来，还有什么样的龙是你搞不定的?"

**骑士B**: "是、是这样吗?"

**雇佣兵**: "放心吧兄弟。"（拍肩）

## 78

**雇佣兵**："不错啊兄弟，你这场发挥得挺好的。"

**骑士 B**："是吗？我觉得一般。"

**雇佣兵**："真的，你腾空飞踢那一下肯定会被剪进龙骑 101 名场面盘点，配上高燃踩点 BGM 的那种。"

**骑士 B**："谢谢，本来我还有点担心能不能挺进决赛稳在前三，现在看来问题不大。"

**雇佣兵**："我一直想问，上次那件事没影响到你的状态吧？"

**骑士 B**："我身体没什么不适，就是头两天有点四肢乏力。"

**雇佣兵**："嗯……可能是麻药的后劲没过。"

**骑士 B**："另外就是当天回去之后突然开始发烧，一晚上都没降温，但是也不严重，吃了小蓝推荐的退烧药就没事了。"

**雇佣兵**：？

**雇佣兵**："奇怪，没听说麻药的副作用会导致发烧啊。"

**骑士 B**："可能是在冷柜里蹲太久了吧。"

**雇佣兵**："……是吗？"

**骑士 B**："说起来小蓝送的退烧药还真的挺管用，我那天拍了一张包装照片，你帮我问问那个恶魔朋友，看他有没有渠道代购。"

**雇佣兵**："你想买怎么不直接问小蓝？"

**骑士 B**："我问了，他说那是进口商品，他也买不到，他那盒是医生给的。"

**雇佣兵：**"进口商品？"发给我看看。"

**骑士 B：** ＊分享图片＊

**雇佣兵：**"请认准塞壬制药防伪标志……咦？"

**骑士 B：**"怎么了？"

**雇佣兵：**"……没什么，就是这个 LOGO 有点眼熟，好像在哪里见过。"

＊五分钟后＊

**雇佣兵：**"怎么样，草莓那里有货吗？"

**骑士 B：**"他不负责代购业务，刚给我推了几个销售部门的恶魔账号，我还在刷。"

**骑士 B：**"这些恶魔的妈妈怎么都在卖面膜啊？"

**雇佣兵：**"……我也不知道。"

**骑士 B：**"还有地狱狗咖的广告，开业特惠，双人五小时欢乐撸狗套餐仅售 199 元，到店即赠大号骨头造型狗咬胶……哎，狗狗还挺可爱的。"

**雇佣兵：**"可以，想去的话尽早去，珍惜它们现在的样子，再过几个月你去的就是猪咖了。"

**骑士 B：**？

**雇佣兵：**"你看群了吗？草莓让你修改备注名。"

＊草莓邀请你加入群聊"送人头小分队"＊

**骑士 B：**"……"

**骑士 B：**"@草莓，能不能换个群名，这个听起来有点不吉利。"

＊草莓修改群聊名称为"护蛋三兄弟"＊

**骑士 B：**"……"

＊骑士 B 已经退出群聊＊

## 79

幼　龙："玛丽莲玛丽莲!"

骑士B："你是……小蓝的弟弟?"

幼　龙："玛丽莲呢?"

骑士B："他在楼下热身，可能几分钟后回来，你想在这里坐着等他吗?"

幼　龙："好的，他的座位是哪一个啊?"

骑士B："我对面那个。"

幼　龙："谢谢。"

骑士B："不客气……你不是来找小蓝的吗?"

幼　龙："不啊，我没事找他干什么。"

幼　龙：（掏灯牌）

骑士B："哦，那个灯牌我听别的选手说起过，经常在前排看到，你是土豆的粉丝?"

幼　龙："嗯……算是吧。"

骑士B："你这么小就跑到现场来追星，你家长不管你吗?"

幼　龙："管啊，我爸爸给后台人员打了招呼，每次都把第一排正中间的位置留给我的。"

骑士B：?

*五分钟后*

骑士B："那个，你怎么一直在作业本上乱涂乱画啊?"

幼　龙："什么乱涂乱画，我是在写假期作业。"

骑士B："……你这个字写得真够潦草的。"

幼　龙："哼，我们老师明明都说我这学期卷面有进步。"

骑士B："是吗？你们老师真厉害，你写的字我一个也认不出来。"

幼　龙："那是你自己词汇量少。"

骑士B："……你写的什么生僻词啊？"

幼　龙："你要我念给你听吗？"

骑士B："好啊。"

幼　龙："盼星星，盼月亮，终于盼来了龙骑101的导师合作战场。"

骑士B："……"

幼　龙："今天风和日丽，万里无云，火红的太阳挂在天边，散发着无限的温暖与活力，正如在赛场上奋力拼搏的健儿们……"

骑士B："等等，刚才外面不是还在飘小雨吗？"

幼　龙："这叫适度美化，是写周记又不是写纪实文学，可以采用融情于景的修辞手法，用太阳的光芒来映衬土豆在舞台上闪闪发光的表现，你懂吗？"

骑士B："……行吧。"


*五分钟后*

幼　龙："……我坚信土豆一定可以再接再厉，再创辉煌，取得最终的胜利。啊，今天真是有意义的一天！"

幼　龙："你觉得怎么样？"

骑士B："嗯……我觉得你中间那一大段排比句用得真是

太……太生动形象了。"

**幼　龙**："生动形象是用来形容比喻句的，比如这句，玛丽莲握剑的五根手指头就像是五根又细又长的炸薯条。"

**骑士B**："……想象力还挺丰富。"

**幼　龙**："其实修辞手法不是最重要的，我们老师说过，写作文关键在于以我手写我心，我这篇写得这么真情实感，肯定会被当成范文在班上传阅的。"

**骑士B**："……是吗？"

**幼　龙**："等玛丽莲回来我就马上给他看，嘿嘿。"

**骑士B**："我劝你还是别给他。"

**幼　龙**："为什么啊？"

**骑士B**："会被撕碎。"

**幼　龙**：？

――――― 第九章 ―――――

# 龙骑 101 决赛你看了吗？

有谁见到我养的人了吗？

他没丢，

但是他超可爱，

我觉得大家都应该看看。

## 80

**雇佣兵**："我就下楼热个身的时间，你怎么点了这么多外卖，少吃点行吗，注意身材管理。"

**骑士B**："不是我点的，是小蓝的弟弟刚才送来的。"

**雇佣兵**："小绿来了？他龙……他人呢？"

**骑士B**："走了。"

**雇佣兵**："刚来就走？"

**骑士B**："他突然想起来有一篇周记需要重写。"

**雇佣兵**：?

**骑士B**："说起来他们这家人的取名风格还挺一致的，小蓝小绿，你说会不会还有小黄小红啊，哈哈哈。"

**雇佣兵**："……还真有。"

**骑士B**："这场比完之后，下一场就是决赛，我们要换统一造型，你的盔甲在那边，主办方说今天先试穿一下，有哪里不合适的尽快调整。"

**雇佣兵**："什么花里胡哨的，这能穿吗？怎么腹部还有镂空钩花啊？"

**骑士B**："这还是花重金请知名设计师专门设计的，结合了今年的时尚主题……我也不清楚，据说第一版更夸张，上半身只有几条皮革束带。"

**雇佣兵**："……设计师知道盔甲的作用是防御吗？"

**骑士B**："他的理念好像是利用美色让对面受到精神伤害，从而放弃攻击。"

**雇佣兵：**"……行吧。"

**骑士 B：**"没事，大家都一样，忍一忍，反正就穿一期，你别看它奇形怪状的，说不定上身效果还不错。"

**雇佣兵：**"那你先试穿一下。"

**骑士 B：**"你等等。"

### *两分钟后*

**雇佣兵：**"咦？"

**雇佣兵：**"你背上那是什么？"（摸）

**骑士 B：**"怎么了？我去，你别碰我。"

**雇佣兵：**"不是，你反应这么大干什么，我就是想确认一下，你背上好像有点东西……"

**骑士 B：**"你这借口怎么找得比小蓝还差。"

**雇佣兵：**？

**雇佣兵：**"我不是占你便宜，真的，你背上那个东西的形状有点……"

**骑士 B：**"好了，你不用再说了，我已经有……"

**雇佣兵：**"有什么？"

**骑士 B：**"不是，那个，我的意思是，你收手吧，我是直的。"

**雇佣兵：**"……"

**雇佣兵：**"行，你要这么说的话，看到那边那盘蚊香了吗？"

**骑士 B：**"怎么了？"

**雇佣兵：**"它也是直的。"

## 81

**雇佣兵:** "小蓝在吗?"

**骑士A:** "在, 你等等, 我换衣服。"

*两分钟后*

**骑士A:** "找我有事?"

**雇佣兵:** "……"

**雇佣兵:** "你先把衣服穿上。"

**骑士A:** "我穿了啊。"

**雇佣兵:** "你穿个……哦, 这就是那套被淘汰的第一版盔甲吧。"

**骑士A:** "你怎么知道?"

**雇佣兵:** "这不重要, 这套盔甲不是没有量产吗? 你怎么会有?"

**骑士A:** "设计师单独送我的。"

**雇佣兵:** ?

**骑士A:** "他是我的一个老朋友, 以前还是我把他介绍给大黑的, 这次他设计新盔甲的模特就是小咪。"

**雇佣兵:** "……"

**雇佣兵:** "他想给亚度尼斯穿这个?"

**骑士A:** "对啊, 他以前的设计风格更大胆, 这次因为是全年龄向放送所以有所收敛……但是精髓还在, 你看这个银质锁链, 还有这个锋利的腰扣边缘, 是不是辨识度很高?"

243

**雇佣兵:** "……你们这些龙是不是有毛病,谁会穿着这种东西打架啊?"

**骑士A:** "唉,小咪也是这么说的,其实他实力这么强,根本不会受装备的限制,穿紧身一点也没什么关系,不影响发挥。"

**雇佣兵:** "你见过他穿成这样打架吗?"

**骑士A:** "没有,连设计师都没见过,是大黑一个龙闯进试衣间测评的,为了全方位掌握布料的透气程度和活动的舒适性,锁在里面试穿了好几个小时。"

**雇佣兵:** "……"

**雇佣兵:** "好了,你不用再说了。"

**骑士A:** "其实我觉得你和设计师应该挺有共同语言的,要不要我介绍你们认识?"

**雇佣兵:** ?

**雇佣兵:** "你为什么会这么想?"

**骑士A:** "你们都挺喜欢小咪的,你把小咪当成偶像,他把小咪当成缪斯……他还有小咪的等身手办,后来被大黑搬回自己家了。"

**雇佣兵:** "他怎么还没被大黑打死。"

**骑士A:** "可能因为他算半个残疾龙,需要更多的理解与爱护吧。"

**雇佣兵:** "啊……是天生的吗?"

**骑士A:** "不是,他一边翅膀差点被扯断过。"

**雇佣兵:** ?

**骑士A:** "就在私藏手办被发现的那一天。"

**雇佣兵:** "……"

**雇佣兵：**"我找你来不是说这个的，我是想说，我知道你偷用烙印了。"

**骑士 A：**"他跟你说的？不可能，他根本就不知道那是……"

**雇佣兵：**"他刚才换衣服的时候我看到了，他胸口有塞壬标志。"

**骑士 A：**"……"

## 82

公 主："在吗？玛丽莲下班图还有吗？"

站 姐："有，现货。"

公 主："是最近一期的吗？"

站 姐："是，昨天下午刚拍到的，盔甲都是以前没出现过的新款。"

公 主："能看看预览吗？"

站 姐：＊分享图片＊

公 主："这套一共几张？我全包了。"

站 姐："好的，生图十六张，精修要等两天。"

公 主："行，你到时候给我邮寄过来。"

站 姐："我这里还有五张拍糊的你要不要，虽然清晰度不高，但是高糊出神仙，也可以收藏。"

公 主："嗯……那就一起入了吧。"

站 姐："好的。"

公 主："包装仔细一点，不要有折痕，上次你发给我的有几张都卷边了。"

站 姐："你放心，我们这次用双层泡泡纸加固，保证不会有破损。"

公 主："行吧。"

站 姐："只要玛丽莲的单人照吗？我这里还有他和另外一个选手的合照。"

**公　主:**"和谁啊?"

**站　姐:**"29号,就是前几期排名第三那个,人气还不错,基本稳定在出道位,上次集训的时候和玛丽莲是室友。"

**公　主:**"哦,就是那个打架风格很凶悍的,动不动就重剑连砍的,我想起来了。"

**站　姐:**"你上次不是买到了他们的房间号信息吗?怎么样,有没有见到本人?"

**公　主:**"别提了,我一想起来就胃痛。"

**站　姐:**"胃痛?"

**公　主:**"被三百米高空的冷风灌的。"

**站　姐:**?

**公　主:**"合照有多少张?玛丽莲占画面比重大吗?如果是背影或者侧面我就不要了。"

**站　姐:**"十四五张,角度都挺好的,有几张抬手的动作稍微挡了一下脸,你要是打包带走的话我可以收你半价。"

**公　主:**"这么便宜?"

**站　姐:**"老客户当然要多照顾……唉,还有一个原因,我实话跟你说,29号的图也只能想办法和玛丽莲搭着出,他的单人图以后大概率出不掉。"

**公　主:**"为什么啊?他的人气不是也挺高的吗?"

**站　姐:**"那是以前,我这边刚听到一个八卦,他应该很快就会遭遇大规模脱粉回踩。"

**公　主:**"有八卦?快说。"

**站　姐:**"这个……是我朋友跟我分享的,他是内部工作人员,本来该保密的,我不太方便说。"

**公　主:**"有什么不方便的,反正狗仔迟早也会爆出来,你先给我剧透一下有什么关系，不是说好要照顾老客户吗?"

**站　姐:** "行……但你千万别往外传。"

**公　主:** "肯定的。"

**站　姐:** "他好像在比赛中违规使用兴奋剂。"

**公　主:** "啊?"

**站　姐:** "真的，我朋友听到玛丽莲在休息室跟 29 号说知道他打了什么东西，还说本来一个月只能打一针，但是 29 号一次性打完了三针，担心他身体负荷不住……29 号还狡辩说没有，听不懂玛丽莲在说什么，两个人吵得挺大声的。"

**公　主:** "大发……"

**站　姐:** "这还不算完，还有更猛的料。"

**公　主:** "什么?"

**站　姐:** "29 号事业上升期谈恋爱，对象还是另一个龙骑选手……"

**公　主:** ?

**佣兵头目**："你今天生意怎么这么好，还有空位吗？"

**酒馆老板**："有，专门给你们留的，还是老位置，离吧台最近……请坐请坐，下次单位团建活动继续选择我们店哦。"

**佣兵头目**："没问题。"

**酒馆老板**："你前段时间要找的那个人现在找到了吗？"

**佣兵头目**："还没有，我聘请的那个业务员能力不行，任务做到一半就请年假了，说是差点因公致残……就这种简简单单的寻人任务有什么危险啊？"

**酒馆老板**："那你还继续找吗？"

**佣兵头目**："当然，我都花了这么多预付款了，那都是沉没成本，收不回来的，除非最后能顺利找到他，那我就赚翻了。"

**酒馆老板**："那个人不就是个普通雇佣兵吗，他有这么值钱？"

**佣兵头目**："唉，你不懂。"

**酒馆老板**："难道他真的和富家小姐……我就说，看他那么细皮嫩肉的，果然是靠脸吃饭。"

**佣兵头目**："什么富家小姐？"

**酒馆老板**："业务员没给你报告吗？上次他来调查的时候我跟他说了，你手下现在应该是被包养了，还是婚外小情夫，你要是找到那个富婆敲诈一笔……你懂我意思吧。"

**佣兵头目**：？

**佣兵头目**："是、是吗？他真的去当小白脸了？我没想到……

**酒馆老板：**"你居然不知道？那你一开始是打算怎么回本的？"

**佣兵头目：**"嗯……实话跟你说，我这次重金寻人不是因为他本身对我团队有多重要，本来也没打算把他当成后备干部培养，但是……"

**酒馆老板：**"怎么了？"

**佣兵头目：**"这件事我连发布寻人任务的时候都没透露出去，你也别到处乱说。"

**酒馆老板：**"我明白，你放心，我口风很严的。"

**佣兵头目：**"我怀疑他的失踪和龙有关。"

**酒馆老板：**"啊？"

**佣兵头目：**"他是跟随新成立的屠龙勇士团出外勤的途中失踪的，其他成员说最后一次见到他的踪迹时，他的脚印在一片泥地里凭空消失了……"

**酒馆老板：**"被沼泽地精拖走了？"

**佣兵头目：**"那是在巨龙山谷附近，什么地精，肯定是被龙抓走了。"

**酒馆老板：**"那他是怎么活着逃出来的？"

**佣兵头目：**"这就要问他本人才知道……而且他如果去过巨龙藏财宝的山洞，能标出具体地点，我们就可以定一个小目标，先挣他一个亿。"

**酒馆老板：**"哇，太狂了吧！"（端茶杯）

**佣兵头目：**"到时候我还需要和这些年轻人挤吧台吗？我要喝酒直接包场……那群小姑娘怎么回事，怎么这么吵啊？"

**酒馆老板：**"她们好像是什么应援会在搞线下活动。"

**佣兵头目：**"应援会？算了，追星的那一套我也不感兴趣……玛丽莲……又是哪个女明星，没听说过。"

**后援会长：** "我好像听到有人提到了我们玛丽莲的名字。"

**后援会长：** "大叔，看看我们的大帅哥吧，业务能力一流，龙骑单挑王，下周直播决赛现场还会带队实战，现在打投通道还有五小时关闭，只需要一票，还可以抽取内场观众入场券，大叔赶快投他吧！"

**佣兵头目：** "那个，小妹妹，我平时不关注这些，我不太会……"

**后援会长：** "没事，现在开始追还来得及，这几张手幅你拿着吧，还有赛程全记录也了解一下吧，记得一定要投我们72号！"

**佣兵头目：** "啊，太多了，这些都给我吗？这什么啊……"（翻）

**佣兵头目：**（瞳孔放大）

## 84

**工作人员：**"下一个，25 号，请进。"

**骑士 A：**"找我干什么？今天不是已经打卡下班了吗？我跟你说，额外访谈要加钱。"

**工作人员：**"……不是工作，就是在决赛之前再给你们单独谈谈注意事项。"

**骑士 A：**"还要谈什么啊？明天上午五点就开拍，现在还有需要调整的地方吗？"

**工作人员：**"不是，流程就是以前定好的流程，我是想跟你说点别的……你知道最后一期决赛是直播吧？"

**骑士 A：**"知道，我不会中途掉麦的。"

**工作人员：**"很好很好……还有一点，就是那个，明星选手给的镜头会比较多，基本有三到五个机位跟着，一举一动都可能实时投放到主屏幕上，那什么，你懂我意思吧？"

**骑士 A：**"哦，关我什么事，我又不在前三。"

**工作人员：**"但是 29 号在前三。"

**骑士 A：**"我和他……"

**工作人员：**"别否认了，我们都知道了，你们疯了吧，队内搞对象……算了，那些先不说，总之明天的直播收敛一点，全程装不熟，最好连同框都不要有，知道了吗？"

**骑士 A：**"……"

**工作人员：**"千万别去和 29 号互动，免得他粉丝骂你倒贴吸血，最重要的就是避嫌……"

**骑士A**："避什么嫌啊，我们不仅要同框，我们还要使劲撒糖，在高朋满座里拿着高音喇叭把爱意吼到最尽兴，有谁管得着吗？"

**工作人员**：?

*＊二十分钟后＊*

**工作人员**："来来来，坐。"

**骑士B**："不用单独找我谈话，小蓝刚才都跟我说了，我懂你们的意思。"

**工作人员**："那太好了，25号一直不愿意配合，我们真的很头疼，幸好你比较讲道……"

**骑士B**："我的建议是，何必遮遮掩掩，这种事情早晚要被发现，干脆直接大方承认。"

**工作人员**：?

**工作人员**："等等，那个，你再认真考虑一下……"

**骑士B**："我考虑清楚了，我听小蓝的。"

**工作人员**："不是，你知道这么做的后果吗，你还想不想出道了？"

**骑士B**："嗯……无所谓。"

**工作人员**："你别说大话，我看过你的简历，你之前待的那个团又破又糊，根本没有拿得出手的资源，连宿舍都是租隔壁农户的，你回去之后连马都可能骑不起了，还想骑龙？"

**骑士B**："我们团本来就不负责提供马匹，我的马是从自己家里带过去的……而且你不用担心，我肯定有龙骑。"

**工作人员**："……你做梦去吧，你以为外面到处都是龙吗？"龙骑士选拔五十年一届，错过这村可就没这店了。"

**骑士 B：**"你说得对，要找到属于自己的龙确实很不容易，应该好好珍惜。"

**工作人员：**"对吧。"

**骑士 B：**"所以我要抓紧时间回去骑龙了，改天再聊，拜呀。"

**工作人员：**？

## 85

\* 敲敲敲 \*

**雇佣兵：**"谁啊？这么晚了，要录采访明天再说。"

\* 敲敲敲 \*

**雇佣兵：**"是小绿吗？是的话你就吱一声。"

\* 敲敲敲 \*

**雇佣兵：**"那就是小蓝？你下午去找他坦白了吗？那个，烙印的事情就算你不说，我也得告诉他，总瞒着也不是个办法，你放心，他是个有责任感的人，就算知道真相也不会对你始乱终弃的……"

\* 敲敲敲 \*

**雇佣兵：**"唉，你别敲了，进来说吧。"（开门）

**佣兵头目：**"嗨呀。"

**雇佣兵：**"……"

**佣兵头目：**"怎么样，惊不惊喜，意不意外？"

**雇佣兵：**"……你认错人了。"（关门）

**佣兵头目：**？

\* 敲敲敲 \*

**佣兵头目：**"玛丽莲！开门啊！你有本事傍大款，你有本事开门啊！别躲里面不出声我知道你在家……"

**雇佣兵：**（开门）大哥，别喊了，我求你了，我不要面子的吗？"

**佣兵头目**："行，我们坐下来慢慢聊……你这个艺名取得还挺别致。"

**雇佣兵**："那个不是我取的……算了，你刚才说什么，什么傍大款！开玩笑，我是那种为钱出卖自己的人吗？这又是哪里传出来的虚假黑料，我怎么不知道？"

**佣兵头目**："别装了，我都找到实锤了，那个跟你一起去过小酒馆的孩子，还有经常在你旁边举灯牌的孩子，其实是同一个人吧？"

**雇佣兵**："……你调查小绿？"

**佣兵头目**："看你这反应，我猜得果然没错。"

**雇佣兵**："……你猜到什么了？"

**佣兵头目**："他这么黏你，你这么照顾他，这么短的时间里突然冒出一个和你这么亲密的小孩……真相只有一个。"

**雇佣兵**："……"（紧张）

**佣兵头目**："他就是你失散多年的亲生儿子。"（确信）

**雇佣兵**：？

**佣兵头目**："肯定是你和哪个富婆生的吧。看不出来，你小子浓眉大眼的，居然也会做出这种事。"

**雇佣兵**："不，我不是，我没有……而且我眉毛也不浓，前几天才修过的。"

**佣兵头目**："那不重要，重要的是你别忘了我们签的合同还没到期，还具有强制效力，你现在还是我手下的员工，明白吗？"

**雇佣兵**："哦。"

**佣兵头目**："我补了你前几期的节目，好啊，你居然这么能打，你还说你之前上班没有划水？"

**雇佣兵:** "不是，我真的没有……"

**佣兵头目:** "那个也不重要，我们一件一件说，首先是你的生活作风问题。"

**雇佣兵:** "啊?"

**佣兵头目:** "传出去不仅是对你自己不好，也会败坏我们团的名声。我们是正经的佣兵团，不是牛郎团，你怎么可以在同事勤勤恳恳工作的时候跑去勾搭富婆? 真是有伤风化，不守职业道德。"

**雇佣兵:** "我勾搭个……算了，你爱怎么想怎么想吧。"

**佣兵头目:** "这件事情目前还没有几个人知道，我可以为你保密，但是你懂的，我不会平白无故帮你遮掩。"

**雇佣兵:** "我懂了，你想要多少封口费?"

**佣兵头目:** "嗯……这个数。"

**雇佣兵:** "……"

**佣兵头目:** "我知道这么大一笔钱，你可能一时半会儿拿不出来。这样，我也不为难你，你可以先付一小部分……"

**雇佣兵:** "别说了，我现在就全额转给你，微信和支付宝都行，你扫我还是我扫你?"

**佣兵头目:** ?

**佣兵头目：** * 银行卡到账 8888888 元 *

**佣兵头目：** "……"

**雇佣兵：** "多出来的部分就当是小费了，没别的意思，就是想凑个吉利数字，我明天还有比赛，就不送你了，慢走，再见。"

**佣兵头目：** "……等等。"

**雇佣兵：** "你别用那种眼神看着我，钱都给你了，你还想怎么样？"

**佣兵头目：** "那个，就是……你还有没有认识的那种经常请吃饭的姐姐？给我也介绍一个。"

**雇佣兵：** "你在想什么，大哥，没有那种东西。"

**佣兵头目：** "谁信啊，你以前的存款加起来都不到四位数，你哪来的那么多现金，你还说你没有傍上富婆？"

**雇佣兵：** "我都说了我没有，这是我这段时间录节目、拍广告、接代言、辅导中学生做作业辛辛苦苦攒下来的，基本上都转给你了，多的没有了。"

**佣兵头目：** "等等，好像混进去了什么奇怪的东西，辅导中学生这么赚钱的吗？其实我的基础知识也不差……"

**雇佣兵：** "别想了，那不是一般人能搞定的。"

**佣兵头目：** "不要小看我，我当初好歹也是超过重本线几十分的人，就算现在教学大纲有变化，对我来说也没什么困难。"

**雇佣兵：**"是吗?"

**雇佣兵：**"那你学过《龙族编年史》《基础炼金术》和《全国中小幼龙必修魔法阵》第六版吗?"

**佣兵头目：**?

**佣兵头目：**"什么乱七八糟的……不过说起龙，这就是我要跟你谈的第二个问题。"

**雇佣兵：**"你想谈什么?"

**佣兵头目：**"你还记得你们屠龙勇士团的任务吧?"

**雇佣兵：**"……"

**雇佣兵：**"你居然还在打龙的主意?"

**佣兵头目：**"你放心，你以后是公众人物，还有可能成为新一代龙骑士，我也不会为难你，屠龙的任务你可以不做了，但是，巨龙山洞的位置你必须详细告诉我们。"

**雇佣兵：**"然后让你们去我家偷东西?"

**佣兵头目：**"盗财宝的事，怎么能叫偷……等等，你在说什么，什么叫你家?"

**雇佣兵：**"……那个你别管，反正我是不可能告诉你的，趁早死心吧。"

**佣兵头目：**"我以直系上司的名义命令你……

**雇佣兵：**"对不起，我辞职，刚才那笔钱拿好，快滚。"

**佣兵头目：**?

**佣兵头目：**"你，你不要在我面前嚣张，敬酒不吃吃罚酒，我背后有整个佣兵团，你敢跟我作对?"

**雇佣兵：**"嗯……我还真的敢。"

**佣兵头目：**"你就算再能打，以一当十，我们这边人数还是占优，你有本事一个人打一百个啊。"

**雇佣兵：**"我疯了吗？这怎么打得过。"

**佣兵头目：**"这就对了，人贵在有自知之……"

**雇佣兵：**"我为什么要跟你们打，我有龙。"

**佣兵头目：**？

**雇佣兵：**"有龙的快乐你们想象不到，嘻嘻。"

## 87

**工作人员**："你怎么来得这么早？"离直播开始还有两个多小时。"

**大　黑**："小咪有点紧张，睡不着，我就干脆先带他过来等着。"

**工作人员**："他还会紧张？"

**大　黑**："毕竟他很久没有和小年轻交过手了。"

**工作人员**："他都身经百战了，就算休息了这么多年，搞定那些选手也应该轻而易举，就算不是碾压局也不会打得太艰难吧。"

**大　黑**："不是，他是担心自己控制不住力道，把教学表演赛打成王者劝退赛，给年轻人留下心理阴影。"

**工作人员**："……"

**工作人员**："倒也是。"

**大　黑**："还有，他今天大腿有点酸痛。"

**工作人员**："啊，严重吗？需不需要调整一下赛制？……你怎么一脸骄傲啊？"

**大　黑**："没那么严重，但是你知道以他现在的体质，要让他亲口承认腿软有多不容易吗？"

**工作人员**：？

**工作人员**："我还真不知道。"

**大　黑**："算了，不说那个，选手宿舍的灯怎么亮着啊？"

261

**工作人员**："之前出了点事情，把一层楼的人都惊动了……不过解决得很快，现在已经处理完了，不会妨碍今天的比赛。"

**大　黑**："怎么了？"

**工作人员**："嗐，还不是狂热私生搞的。"

**大　黑**："她还敢来？看来是那天的风刮得不够大，你等着，我马上联系她的家长……"

**工作人员**："不是上次那个小姑娘，这回来的是一个中年大叔，也是奔着玛丽莲去的，他人气是真的高，不愧是 C 位。"

**大　黑**："中年大叔？"

**工作人员**："对啊，我们也很惊讶，这么大年纪了学人家小妹妹追星……他一开始还嘴硬不承认，说是去找玛丽莲谈正事，结果被我们搜出来一大堆后援会周边，他还说自己不是粉丝？"

**大　黑**："嗯……那玛丽莲现在还好吗？"

**工作人员**："他挺好的，情绪稳定，也没受什么伤。"

**大　黑**："真的吗？连读两次遭遇私生堵酒店，肯定还是会受影响吧，会不会是在强装镇定，你们还是要再仔细观察一下他的状态。"

**工作人员**："其实我也是这么想的，所以之前特地陪了他半个小时……"

**大　黑**："你觉得他有什么需要心理辅导的地方吗？"

**工作人员**："……实话说，我觉得他是在装平静，他实际上挺高兴的，好几次都憋不住笑。"

**大　黑**："啊？"

**工作人员**："特别是他看到医生来把那个闹事的人带走的时候，差点笑出声。"

**大　黑：**？

**工作人员：**"可能是被骚扰太多次了，好不容易才抓到一个现行的吧……他的反应确实是压抑了太久，终于大仇得报的感觉。"

**大　黑：**"可能是这样吧。"

**工作人员：**"这些当红选手的压力都挺大的，唉，这也算是成名的代价。"

**大　黑：**"你说得对……我当初和小咪在巅峰时期退圈果然是明智的选择。"

## 88

**龙妈妈：**"干什么？不许开电视。"

**幼　龙：**"可是龙骑 101 的直播已经开始了……"

**龙妈妈：**"那也不行，把遥控器放下。"

**幼　龙：**"可是玛丽莲也会出场……"

**龙妈妈：**"你天天在家里看活人还没看够，电视上也还要看？"

**幼　龙：**"对啊，还有纸片人也要看，玛丽莲粉丝给他画的 Q 版小人超可爱的。"

**龙妈妈：**"……你这孩子，心思能不能多花一点在学习上，看什么人类打架，课本上要教那些吗？中考要考那些吗？"

**幼　龙：**"哦。"

**龙妈妈：**"别苦着个脸，你安心写作业，下午准时去上补习班，表现得好的话以后给你看回放。"

**幼　龙：**"看什么回放啊，到时候排名结果都出来了。"

**龙妈妈：**"你还担心那个，玛丽莲肯定能选上，就算选不上，你爸也会强行让他选上，你急什么？"

**幼　龙：**"可是……"

**龙妈妈：**"没有可是，眼看没几天就要开学了，你能不能收点心，假期浪成这样，到时候摸底考试我看你能考几分。"

**幼　龙：**"不是，我不是担心玛丽莲，我只是好奇我哥的排名。"

**龙妈妈：**"……你哥？你哪个哥？"

**幼　龙**："就是小蓝。"

**龙妈妈**："关他什么事？"

**幼　龙**："他也参赛了。"

**龙妈妈**："小蓝？哦，我好像听你爸说过，他是评委吧，就是最后总选定下成团骑士以后再出来挑人的那种。"

**幼　龙**："不用等到最后，他老早就跟我说他已经挑好他要的人了。"

**龙妈妈**："他提前溜进去偷看选手比赛了？"

**幼　龙**："嗯……不是偷看，是光明正大地在他们中间和他们一起比。"

**龙妈妈**：？

**龙妈妈**："什么乱七八糟的，你是不是觉没睡醒，说的什么梦话。"

**幼　龙**："真的，我没乱说，我之前去现场就看到小蓝在和一个骑士比剑，还没打过别人。"

**龙妈妈**："怎么可能，就那些人类，小蓝都不用伸爪子，肯定是你搞错了。"

**幼　龙**："我没有，我还跟他聊了好几次，他问了我很多关于养人的注意事项，我还答应以后把玛丽莲不穿的衣服打包送给他。"

**龙妈妈**："……"

**龙妈妈**："什么情况？他真的跑去和人类打架了？"

**幼　龙**："哎呀，我说不清楚，反正他也是参赛选手之一，今天的总选他也要上场……不如我们现在就打开电视看看直播吧，说不定小蓝已经在热身了。"

**龙妈妈**："嗯……行，我自己看。"

幼　龙：“好耶，我去搬小板凳……”

龙妈妈：“我说的是我自己看，你别趁机凑热闹，给我老老实实回房间刷题。”

幼　龙：“……”

## 89

**主持人**："接下来上场的这位选手厉害了，他就是长期霸占选拔排行榜第一位的，大家非常看好的……马铃薯，有请！"

**雇佣兵**：？

**主持人**："那么我们可以看到，马铃薯今天的状态也是非常的好，新版盔甲非常合身。请问马铃薯有什么要对一直支持你的观众朋友们说的吗？"

**雇佣兵**："那个……"

**主持人**："话筒拿近一点，谢谢。"

**雇佣兵**："……我不叫马铃薯。"

**主持人**："对不起（翻手卡），玛丽莲，小名土豆……土豆也可以叫马铃薯嘛哈哈哈。"

**雇佣兵**："……行吧。"

**主持人**："好的，回到我们刚才的话题，现场我们可以看到观众席中玛丽莲的后援团数量众多，在刚才的采访中有的粉丝也说过自己是从第一场海选开始就坚定支持玛丽莲，请问你有什么要对他们说的吗？"

**雇佣兵**："有。"

**主持人**："是什么呢？"

**雇佣兵**："答应我以后不要再随便向陌生人安利我了，好吗？"

**主持人**："……还真是没有让人想到呢，玛丽莲的意思是，拥有你们的爱就已经足够了，不需要更多的人来分享，因为属于你们的回忆才是最宝贵的，是不是?"

**雇佣兵:** "不是，我是想说其实我只想低调地完成比赛⋯⋯"

**主持人:** "不，你不想。"（抢话筒）

**主持人:** "下一个环节是我们节目组为选手们准备的惊喜，在比赛前邀请选手的家属录制的一段小短片，让我们把目光转向大屏幕。"

**雇佣兵:** ?

### *大屏幕*

**幼　龙:** "玛丽莲玛丽莲!"

**幼　龙:** "我已经群发邮件给年级上的每一个同学让他们给你投票啦! 谁要是不投我开学就去揍他! 你看!"

**幼　龙:** （手机凑近屏幕）*标题《有谁见到我养的人了吗? 他没丢，但是他超可爱，我觉得大家都应该看看》*

### *幼龙家*

**幼　龙:** "妈妈! 我上电视啦!"

**龙妈妈:** "⋯⋯"

**龙妈妈:** "你怎么又跑出来了?"

**幼　龙:** "我出来喝水。"

**龙妈妈:** "二十分钟你都出来喝了七趟水了，你给我回房间，一个小时之内不许出来。"

**幼　龙:** "哦。"

### *舞台上*

**主持人:** "⋯⋯这位小朋友还真是天真活泼，啊哈哈哈，玛……你怎么捂着脸啊，是太感动了吗?"

**雇佣兵:** "不是，我在思考回去的路上教材全解是给他买薛金星还是王后雄。"

**主持人:** ?

**主持人:** "那个，我们也给后面的选手留一点时间，请你先到台下休息，再次掌声送给我们的 72 号夺冠热门选手……玛莲花!"

**雇佣兵:** ?

## 90

观　众："昨天的龙骑101决赛你看了吗？"

路　人："看了前面一点，没看完，他们怎么那么能打啊，我从早上开始看，午饭吃完了他们第一组都还没打完。"

观　众："你也不看看是和谁打，那可是黎明神剑！这些选手平时哪里有和他交手的机会，你知道他那种级别的骑士一对一手把手教学一分钟有多贵吗？"

路　人："不知道，多贵？"

观　众："我也不知道，他又没开过班。"

路　人："……"

观　众："你猜最后出道的是哪几个？"

路　人："好像这一届有三条龙会参加最后的选人环节，那个叫马什么梅的肯定被选上了。"

观　众："……别人叫玛丽莲。"

路　人："差不多一个意思，还有那个86号，长枪使得贼厉害，应该也会被选。"

观　众："还有一个呢？"

路　人："我想想……29号吧，我看过他一场单人对战赛，对面是25号，哇，那是真的强，一路碾压过去，我第一次看见有人可以把对手压制得犯那么多低级错误。"

观　众："嗯……很可惜，虽然排名你猜中了，但他们没一个被龙带走的。"

路　人："……怎么会这样？"

观　众："首先是玛丽莲，虽然是 C 位，但是没有龙敢选他。"

路　人："为什么啊？"

观　众："好像是主办方不让……我也不清楚具体内幕，反正他的粉丝团已经气疯了，说节目组骗钱，他们辛辛苦苦投票一个多月，最后偶像竟然遭到无理由拒签。"

路　人："啊，这么过分，那他以后怎么办啊？"

观　众："还是留在龙骑士团，好像是说让他当新一代团长，可是光有这个头衔有什么用，还不是没有龙骑。"

路　人："确实有点惨……那另外两个选手呢？"

观　众："其实 86 号实力一直很强，虽然前几期人气不高，票数没有优势，但是后来靠战场积分硬生生冲进前三，还是挺励志的……"

路　人："就是啊，这哥们儿怎么会没被选上？"

观　众："有小道消息说，因为面相。"

路　人：？

路　人："什么意思，这都看得出来吗？他面相怎么了，命里犯龙？"

观　众："不是，就是脸长得丑的意思。"

路　人："……"

路　人："那 29 号不是长得挺好看吗，他怎么也没龙啊？"

观　众："他的情况完全相反，三条龙全部选他，据说还在后台打了一架，有人说看到一条蓝色的龙被银龙和橘龙追着飞了十几圈，现在都还没定下来。"

路　人："那最后怎么解决的？"

观　众："直播现场出了这种放送事故，制作人很不开心，他不开心黑死神就会不开心，黑死神不开心大家就都别想拍了。"

**路　人**：？

**观　众**："朋友，答应我，回家看回放，你不能错过黑死神和黎明神剑的百万特效绝美合体表演，你绝对不能。"

# 第十章

# 正式结为龙骑士契约伴侣

你是否愿意这个人类成为你的龙骑士，

无论加班还是调休，

或任何其他理由，

都让他坐在你的头上或者背上，

听从他的指挥，

飞行或者喷火，

永远执行他的任务直至到期离职？

**雇佣兵**："怎么愁眉苦脸的，没几天就要开学了，精神一点。"

**幼　龙**："……你这么一说我更伤心了。"

**雇佣兵**："作业没做完?"

**幼　龙**："快了，肯定能赶完。"

**雇佣兵**："都跟你说了不要把作业留到最后再做，照着假期刚开始列的计划表进度来，你非要拖……"

**幼　龙**："不是，本来时间是够的，后来妈妈又给我多报了两门补习班。"

**雇佣兵**："哪两门? 你上学期主科课程不是都考得挺好的吗?"

**幼　龙**："是体育考试科目，立定喷火和实心魔法球投掷。"

**雇佣兵**："怎么这么早就开始准备了。"

**幼　龙**："因为我想报考体校。"

**雇佣兵**： ?

**雇佣兵**："你不是想学医吗?"

**幼　龙**："你怎么知道?"

**雇佣兵**："我看过你小时候的作文，我的理想，我长大以后想当一名人类医生，穿着白色的袍子，戴着金丝眼镜，每天坐在办公室接各种各样的人类……"

**幼　龙**："我、我不记得了，我写过吗?"

**雇佣兵**："是啊，最后面还有一幅你被一群火柴人包围的简笔画，虽然你把自己画得像一坨绿色史莱姆，但是你的表情看上去可开心了。"

**幼　龙**："我、我不是，我没有，我现在对外面的野生人类完全没有兴趣。"

**雇佣兵**："嗯……行，没有就没有吧，你这么紧张干什么？"

**幼　龙**："我不想当医生了，龙大十八变，我现在想加入龙骑士军团。"

**雇佣兵**：？

**幼　龙**："我爸爸跟我说，要想加入必须先经过一系列考核，我现在的远距离飞行能力和肺火量还不能达标……"

**雇佣兵**："那些标准是针对成年龙制定的吧，你还能继续长，不用着急。"

**幼　龙**："但是小蓝就可以不用等到成年，通过考核之后直接破格录取，他已经有属于自己的合法龙骑士了，我也想像他那样。"

**雇佣兵**："……你别跟小蓝学，他不是什么好榜样。"

**幼　龙**："为什么啊？"

**雇佣兵**："没有为什么，反正你要记住，他和他家人类相处的方式不值得借鉴，知道吗？"

**幼　龙**："我知道，他养人的经验还没有我多，这方面我不会听他的。"

**雇佣兵**："这就对了。"

**幼　龙**："说起养人，大黑才是最专业的，要学我只会跟他学。"

**雇佣兵**：？

**雇佣兵**："……倒也不必。"

## 92

**医　生**："姓名?"

**佣兵头目**："……"

**医　生**："年龄?"

**佣兵头目**："……"

**医　生**："你不说也没关系，反正这张表也不用填得多准确，我随便估个数就行了，就写 30 吧。"

**佣兵头目**："……"

**医　生**："身高体重这些一会儿慢慢量，先把繁育情况说一下，那个，你生过几胎幼崽?"

**佣兵头目**："……我母胎单身 。"

**医　生**："是吗? 那你应该不能作为培育级……这样，按标准流程，给你绝育之后再做完剪耳标志就放归吧。"

**佣兵头目**：?

**佣兵头目**："什、什么绝育? 你知道我是谁吗? 你要是敢动我一根手指头，我的小弟们是不会放过你的。"

**医　生**："你还有小弟?"

**佣兵头目**："那当然，数量还很多，怕了吗? 还不赶快放了我……"

**医　生**："哇，太好了，你能把他们都叫过来吗，我正好有个论文需要用到群体实验品。"

**佣兵头目**：?

**佣兵头目：**"……算了，我不跟你说，你把那个谁，那个玛丽莲叫过来。"

**医　生：**"你找他？他最近很忙，刚出任龙骑士军团新一代团长，天天跑通告，估计没空应付你。"

**佣兵头目：**"团长？"

**医　生：**"是啊，虽然还没有正式分配到龙，但是等到小绿成年之后和他也是板上钉钉的事……现在暂时记一个借：应收绿龙／贷：主营业务收入就行，很简单的，都不用计提折旧。"

**佣兵头目：**？

**医　生：**"说起来还挺让人怀念，看到他就让我想起两百多年前的小咪。"

**佣兵头目：**"小咪？两百多年前？"

**医　生：**"嗯，那个时候他还没有玛丽莲稳重，一天到晚骑在大黑头上到处飞，飞到哪里哪里就有人闹事，被亲切地誉为空中柯南……"

**佣兵头目：**？

**医　生：**"不过开挂虐菜虽然好玩，新鲜感是会过去的。你看小咪现在就成熟了很多，不会动不动就发脾气，现在也没有那么多仗要他去打，所以我们要珍惜来之不易的和平……"

**佣兵头目：**"停、停一下，你在说些什么乱七八糟的。"

**医　生：**"我的意思是，小咪和大黑的今天就是玛丽莲和小绿的明天，他不是你能惹得起的人，你以后不要再想不开去找他的麻烦，知道了吗？"

**佣兵头目：**"我和玛丽莲之间的事情，和你没关系。"

**医　生：**"你非要这么不配合的话……"

**医　生（掏手机）：**"喂，对，人已经抓到了，在我这里，我一会儿把他送过去，不客气不客气，这是我应该做的。"

**佣兵头目**："你在给谁打电话?"

**医　生**："你见过的啊，就是玛丽莲后援会的会长，她们听到有私生在比赛前夕打扰玛丽莲的消息之后一直在人肉你……战斗粉，你懂的，自求多福吧。"

**佣兵头目**：?

## 93

**雇佣兵：**"喂?"

**骑士A：**"喂，土豆吗?"

**雇佣兵：**?

**雇佣兵：**"小蓝？不好意思我打错了。"

**骑士A：**"你没打错，这就是他的号码。"

**雇佣兵：**"怎么是你在接，他人呢?"

**骑士A：**"他现在没空接。"

**雇佣兵：**"他干什么呢?"

**骑士A：**"我。"

**雇佣兵：**?

**骑士A：**"嘻嘻，我早就想说这句台词了，一直没有机会。"

**雇佣兵：**"……"

**骑士A：**"你先别挂，我开玩笑的，其实他现在正在洗澡。"

**雇佣兵：**"行，那我一会儿再打过来。"

**骑士A：**"一会儿他更没空接了。"

**雇佣兵：**"他一会儿还要干什么?"

**骑士A：**"嗯……"

**雇佣兵：**"……算了，当我没问。"

**骑士A：**"你有什么事情直接跟我说吧，我可以转达给他。"

**雇佣兵：**"是这样，我想问问他要不要考虑接任新一代龙骑士军团团长。"

**骑士 A:**"你现在不就是吗?"

**雇佣兵:**"我不想当了。"

**骑士 A:**"你才上班几天啊就想退休,是遇到什么困难了吗?"

**雇佣兵:**"倒是没有什么不好解决的情况……就是太费时间了,一天到晚就在外面跑,我现在每天晚上要接到十七八个催我回家的电话。"

**骑士 A:**"小绿怎么还是这么黏人,他不是快开学了吗,让他妈妈把他的手机收了。"

**雇佣兵:**?

**雇佣兵:**"你不愧是他亲哥。"

**骑士 A:**"你要是实在不想当,可以从成团的选手里抓一个幸运的骑士……我觉得那个 86 号就不错。"

**雇佣兵:**"可是他连龙都没有,现在团里可以合法骑龙的就只有 29 号。"

**骑士 A:**"嗯……但是他要是刚上岗就开始休婚假产假育儿假什么的,也不太好。"

**雇佣兵:**?

**雇佣兵:**"休什么?"

**骑士 A:**"那个,就是我最近在计划领养两个龙蛋回家孵一下……你有没有兴趣?我分你一个。"

**雇佣兵:**"没有,谢谢。"

**骑士 A:**"真的不要吗?有一个蛋长得又圆又大,颜色是正宗大地黄,要是跟别人说那是土豆亲生的也不会被怀疑。"

**雇佣兵:**"……"

**雇佣兵:**"你别跟我废话那么多,我马上就去写辞职信和推荐信,你帮我问问 29 号的中间名是什么。"

**骑士 A:**"别写了，他肯定不会接任的。"

**雇佣兵:**"为什么?"

**骑士 A:**"因为我决定带着他单飞，以后就不用再跟着骑士团出任务了!"

## 94

**同学甲**："小绿小绿……"

**同学乙**："我们有事情想问问你。"

**幼　龙**："什么事？我假期作业已经交上去了，你们要抄的话自己去老师办公室拿。"

**同学甲**："不是，那个，我们假期看了龙骑101，听到了一些传言……"

**同学乙**："C位出道的那个，很厉害的玛丽莲，是不是你家养的人啊？"

**幼　龙**："……"

**幼　龙**："没错，正是在下！"

**同学甲**："哇——"

**同学乙**："大发——"

**幼　龙**："怎么了？你们怎么现在才知道，没收到我群发的打投邮件吗？"

**同学甲**："我屏蔽了班级群通知……"

**同学乙**："假期我家长不准我上网。"

**幼　龙**："行吧。"

**同学甲**："你有没有那种，就是那种，玛丽莲没有公开的日常照呀……"

**同学乙**："能不能私发给我们看看？"

**幼　龙**："不能。"

**同学甲:**"真的不行吗？我们超级喜欢玛丽莲，决赛给他投了好多票的……"

**同学乙:**"那我们就用你的手机看看可以吗？"

**幼　龙:**"嗯……那好吧，但是只许看，不许碰我的手机屏幕，更不能划来划去，懂吗？"

**同学甲＆同学乙:**"懂懂懂。"

**幼　龙:**＊照片——个龙收藏＊

**同学甲:**"哇，你手机内存真大，这得有多少张照片啊。"

**同学乙:**"他在吃番茄吗？真可爱呜呜呜，嘴巴旁边还有番茄酱。"

**幼　龙:**"这是他刚来我家不到半个月的时候，躲在山洞角落照的，只看得到半个头。"

**同学甲:**"啊啊啊土豆宝宝的后脑勺好圆啊，手感肯定很好。"

**同学乙:**"这几张面部特写可以做成表情包哈哈哈。"

**幼　龙:**"那是我第一次给他买衣服，他不愿意穿，还发脾气……这几张是我爸爸用逗人棒在他面前晃，他一直跳来跳去想抓。"

**同学甲:**"这个逗人棒长得好眼熟……"

**同学乙:**"我知道，人类把它们叫作金条。"

**幼　龙:**"这些是龙骑101的后台照，后面还有他睡觉的照片，他睡姿可丰富了，有时候还会打小呼噜。"

**同学甲:**"哇，我听说人类在你旁边呼噜呼噜就是喜欢你的意思呢。"

**同学乙:**"我也想听，有录音吗？"

**幼　龙:**"现在没有，我回去找机会录吧。"

**同学甲：**"嘤嘤嘤我好酸，太好吸了吧，我什么时候才能有人啊。"

**同学乙：**"我疯了我好想授，但是我家长不同意我养。"

**幼　龙：**"嗯……其实我妈妈之前也一直不准，我也求了她好多年。"

**同学甲：**"那你后来是怎么劝动她的?"

**幼　龙：**"我以我的实际经验告诉你们，空想不是办法，实干才有希望。"

**同学乙：**"什么意思?"

**幼　龙：**"你只管把人带回家，他会自己解决你妈妈。"

**同学甲：**"真的吗?"

**幼　龙：**"真的，亲测有效。"

**同学甲：**"那我试试吧……不过外面哪里有像玛丽莲这样的神仙人类啊。"

**同学乙：**"你家玛丽莲生了小人类可以送我一个吗?"

**幼　龙：**"你做梦。"

**同学乙：**"真的不行吗，我就要一个……"

**幼　龙：**"绝对不行，好了，你不用再说了，自己的人类自己找，加油，你一定会有人的。"

## 95

**恶　魔**："唉。"

**雇佣兵**："你从刚才开始就一直唉声叹气的，出什么事了，你家龙孩子又作妖了？"

**恶　魔**："不是，和小红没关系，是我之前那个客户，消息也不回电话也不接，尾款都没付就跑了。"

**雇佣兵**："……"

**雇佣兵**："是、是吗？"

**恶　魔**："你说现在的人类怎么这样，讲不讲诚信，有没有一点契约精神，我祝他永远都找不到那个员工。"

**雇佣兵**："说得好，那我就祝他绝育快乐吧。"

**恶　魔**："你工作的事情怎么样了，29 号答应接任了吗？"

**雇佣兵**："不知道，估计没戏。"

**恶　魔**："为什么？你不是说他这个人挺有责任心挺靠得住的嘛，上次在医院他表现得也挺冷静的，适合带团。"

**雇佣兵**："嗯……他本人倒不是问题，问题是他老婆。"

**恶　魔**：?

**雇佣兵**："这个说来话长，总之婚姻耽误事业，恋爱脑妨碍思考，你要是想爬到高管就一定要保持单身，知道吗？"

**恶　魔**："也不一定吧，你看看黑死神他们，工作恋爱两不误，不是一样战无不胜。"

**雇佣兵**："……"

**雇佣兵:**"你同人本看多了吧,这怎么可能是真的。"

**恶　魔:**"不是,我是看的老报纸报道,你看这一期前线记者专访。"

**恶　魔:** *一位无辜路过的步兵小队队长站在山丘上远远对着正在空中用飞行轨道比心的黑色巨龙喊话:"打仗呢,严肃点!"*

**雇佣兵:**"原来那天小绿非要让我看他在我头顶瞎转悠是这个意思……"

**恶　魔:**"你说什么?"

**雇佣兵:**"……没什么。"

**恶　魔:**"对了,你现在也算是黄金单身汉,有没有考虑相个亲什么的,我同事那里接了好多笔少女许愿业务,说是想要和有钱帅哥谈甜甜的恋爱,我看你就挺合适的,可以把你推荐过去。"

**雇佣兵:**"算了吧,别找我,没结果。"

**恶　魔:**"我知道你现在忙,不会耽误你多少时间的,你就每天下午抽几个小时和她们见见面聊聊天……"

**雇佣兵:**"别吧,我现在一下班就得赶紧搭第一班交通车回家,不然要出大事。"

**恶　魔:**"什么?"

**雇佣兵:**"我前天路上稍微堵了会儿车,只不过晚了半个多小时,小绿回家第一时间没看到我,已经在灶台摆了几十把剪刀了。"

**恶　魔:**"……剪刀?"

**雇佣兵:**"就是先放一碗接满的清水,在上面平放一把剪刀,剪刀指向山洞口的方向,嘴里一直喊我的名字……"

恶　魔："这么复杂?"

雇佣兵："……最后还要抓着我的两条腿围着每个碗都转三圈才算完。"（生无可恋）

恶　魔：?

## 96

**雇佣兵:**"你能不能坐直,不要一直蹭我。"

**幼　龙:**"我背上痒。"

**雇佣兵:**"被蚊子咬了?"

**幼　龙:**"不是,我的鳞片这么厚,蚊子咬不透。"

**雇佣兵:**"那你怎么回事?"

**幼　龙:**"我觉得可能是我的换鳞期到了。"

**雇佣兵:**?

**雇佣兵:**"你是蛇吗,还要蜕皮?"

**幼　龙:**"不是啊,我们都要换鳞片的,这是进入青春期的标志。"

**雇佣兵:**"是吗?那你最近是不是要作息规律,晚上不要熬夜,饮食清淡点什么的。"

**幼　龙:**"……"

**幼　龙:**"不需要,很快就换完了。"

**雇佣兵:**"嗯……真的吗?你最好现在就老老实实交代清楚,不要等我去问大黑。"

**幼　龙:**"那个,就是,其实就是有一些很小的注意事项。"

**雇佣兵:**"有哪些?"

**幼　龙:**"不能伸爪子去抠,不然新长出来的鳞片会歪,平时多喝水、注意清洁,睡眠时保持环境适当的温度和湿度。"

**雇佣兵:**"等等,多少度是适当?"

**幼　龙**："就是，差不多，500℃左右吧。"

**雇佣兵**：？

**雇佣兵**："你上哪里去找……哦，我知道了，附近不是有很多火山口吗，你这段时间可以到那里去睡。"

**幼　龙**："……我不。"

**雇佣兵**："听话，要不然你自己去，要不然我告诉你妈妈，让她把你拎过去。"

**幼　龙**："……那好吧，但是我想挨着你睡。"

**雇佣兵**：？

**雇佣兵**："你怕是想看我瞬间火化。"

**幼　龙**："哦。"


*第二天清早*

**幼　龙**："玛丽莲玛丽莲！"

**雇佣兵**："……"

**雇佣兵**："你怎么起得这么早，昨天睡得怎么样，还习惯吗？"

**幼　龙**："有点认床，枕头太硬了。"

**雇佣兵**："乖，再坚持几天，这是为你好。"（摸头）

**幼　龙**："嘿嘿，你看这个。"

**雇佣兵**："这什么绿油油的……你的鳞片？"

**幼　龙**："刚掉下来的，我全部收集起来了，专门给你留着的。"

**雇佣兵**：？

**雇佣兵**："我要它做什么，集齐五十片可以兑换一个五星御魂？"

**幼　龙**："不是，我的鳞片比其他材料更坚硬，可以用它来打造一套你专属的全身盔甲，这样即使我不在你旁边的时候也可以保护你啦。"

**雇佣兵:**"这都是谁教你的?"

**幼　龙:**"大黑说的，掉下来的鳞片不要丢，用它给你的人类做衣服，隔壁恶魔都馋哭了。"

**雇佣兵:**"……"

**幼　龙:**"怎么样，你喜欢吗?"

**雇佣兵:**"谢谢，这太珍贵了……但是有一点你一定要答应我。"

**幼　龙:**"什么?"

**雇佣兵:**"头盔部分就不必了。"

**幼　龙:** ?

## 97

同　桌："……"

幼　龙："别一直盯着我，你想说什么就直说。"

同　桌："扑哧。"

幼　龙：？

同　桌："你头顶怎么会是这个样子啊哈哈哈！从上面看好像一个青柠味甜甜圈哈哈哈！英年早秃可太惨了吧！"

幼　龙："……"

幼　龙："这是暂时的，以后鳞片又不是不会再长，笑什么笑，很好笑吗？你以为你以后就不会经历换鳞期吗？"

同　桌："不好意思，我假期已经换过了，嘻嘻。"

幼　龙："……"

幼　龙："把手机收回去，敢偷拍我的话就让你体会一下什么叫物理换鳞。"

同　桌："……哦。"

*第二天*

同　桌："……"

幼　龙："又怎么了？看够了吗，我身上有选择题答案？"

同　桌："那个，我就是想问问，你这么大个龙了，怎么还要戴这种毛线口水兜啊？"

幼　龙："……"

**幼　龙：**"什么口水兜，你识不识货，这是手工织物护甲，保暖防风，玛丽莲亲手给我做的，好看吗？"

**同　桌：**？

**同　桌：**"这个针脚也太歪……"

**幼　龙：**（伸爪子）你说什么？"

**同　桌：**"……简直太好看了，看得我都想去整一个。"

**幼　龙：**"想要吗？"

**同　桌：**"嗯嗯。"

**幼　龙：**"你想得美，不许想，这是我的。"

**同　桌：**？

### *第三天*

**同　桌：**"……"

**幼　龙：**"你这龙怎么回事？上课能不能专心听讲，看黑板，别老是看我桌子。"

**同　桌：**"不是，你这个，这个是什么啊？这么闪一个，放在这里有点晃眼睛。"

**幼　龙：**"你说这个石头？我早上在火山口捡的。"

**同　桌：**"应该不是普通石头吧，一看就很稀有……你知道它的品种吗，是钻石还是什么其他宝石？"

**幼　龙：**"嗯……都不像。"

**同　桌：**"我也没见过，要不然你＠博物杂志问问。"

**幼　龙：**"行。"

### *放学后*

**幼　龙：**"哦，他回复我了，他说他认识这块石头。"

同　桌："是什么?"

幼　龙："孤山之心。"

同　桌："哦哦！这是真实存在的吗！给我看看给我看看！"

幼　龙："干什么干什么，我警告你别乱碰，这是我准备带回家送给玛丽莲的。"

同　桌："我就看看，我不动它……"

幼　龙："行，你站远点。"

同　桌："好的。"

幼　龙："再远一点。"

同　桌："好的，现在够远了吗?"

幼　龙："差不多了。"

同　桌："那你赶快把它拿出……?"

幼　龙：（喊）"你说什么——我听不清——我先走了——拜拜呀——"

同　桌：?

同　桌：（消音）（小龙龙不可以说脏话）

## 98

幼　龙：＊敲敲敲＊

大　黑："小绿……你脸上怎么这么花，你又在火山灰里打滚了？"

幼　龙："不是，我是想找你借工具磨这个，我刚用爪子试了半天，磨不动。"

大　黑："什么东西？"

幼　龙："这个，你看它这个椭圆的边缘，我是想把中间磨凹，底下磨尖，做成一颗心。"

大　黑："停、停一下，你手上拿的是不是传说中的孤山之心。"

幼　龙："对。"

大　黑："你怎么会有这个？"

幼　龙："路上捡的，谁捡到就是谁的。"

大　黑：？

大　黑：（小声）当初小咪说他想要这个，我跑遍狭海各国到处找了十几年连影子都没见到……"

幼　龙："你说什么？"

大　黑："……没什么，那个，你刚才说什么，你要把它磨成心形？"

幼　龙："对啊，我还要在上面刻字，最下面加个底座，底座旁边绕一圈发光小灯，做成那种奖杯的形状，给玛丽莲颁最可爱人类奖。"

大　黑："可以，但没必要。"

幼　龙："为什么啊？我在小龙书上看到有龙说这种礼物是淘宝常年销量最高的爆款，大受好评，人类收到都哭了。"

大　黑："……"

大　黑："气哭的吧。"

幼　龙："啊？"

大　黑："你别听他们的，他们多半是闭眼乱吹，实际上连人类的小手都没牵过，送礼物这方面我比较熟。"

幼　龙："那应该送什么他才会喜欢啊？"

大　黑："以我的经验来看，带他去五星级酒店开……"

幼　龙："开？"

大　黑："……开玩笑的，我是想说，你这几天表现乖一点，少惹他生气，不要强行给他换衣服拍照，不要趁他洗澡的时候跳进浴缸，不要在他困的时候一直妨碍他睡觉，他就会很开心了。"

幼　龙："我本来就不那样啊。"

大　黑："对哦。"

幼　龙："算了，我感觉听你的也没用，我还是回去慢慢磨石头吧。"

大　黑："等等，要不这样，你先把它留在我这里，等小咪回来再让他帮你加工。"

幼　龙："真的吗？小咪知道要怎么做吗？"

大　黑："当然，小咪想要，不是，研究这块宝石已经很久了。"

幼　龙："嗯……但是会不会很耽误他的时间啊。"

大　黑："不会，帮你这点小忙的时间还是有的。"

幼　龙："那太好了，小咪真是个好人，你待会儿记得帮我谢谢他。"

**大　黑:**"不客气,那你先回去吧。"

**幼　龙:**"好的,拜拜。"

**大　黑:**(挥手)路上小心。"

**大　黑:**"……现在的小孩真好骗。"

## 99

幼　龙："玛丽莲玛丽莲！"

雇佣兵："怎么了？"

幼　龙："你知道今天是什么日子吗？"

雇佣兵："知道，你摸底考试出成绩的日子。"

幼　龙：（笑容僵住）

幼　龙："我想说的不是这个……今天是平安夜。"

雇佣兵：？

雇佣兵："刚过完暑假就过圣诞？"

幼　龙："对啊，我们过的是龙历节日。"

雇佣兵："……行吧。"

幼　龙："你知道平安夜的传统吗？"

雇佣兵："嗯……人类的习俗我倒是知道，你们龙族有什么不一样的地方吗？"

幼　龙："我们要在床头挂袜子，是专门给圣诞老龙准备的，他会半夜从山洞口爬进来……"

雇佣兵："然后给你们送礼物？"

幼　龙："……然后偷走我们的金币。"

雇佣兵：？

雇佣兵："这个角色定位是不是有一点问题……但是这和袜子有什么关系？"

幼　龙："袜子是用来藏隐形摄像头的，如果能拍到圣诞老龙的脸，就可以作为犯罪证据把他抓起来。"

**雇佣兵：**"……行吧。"

**幼　龙：**"还有，我们晚餐要吃烤火……"

**雇佣兵：**"烤火鸡是吧，我们也一样。"

**幼　龙：**"……火蜥蜴。"

**雇佣兵：**?

**幼　龙：**"就是生长在火山岩附近，体型特别大还会喷火的那种，虽然肉质稍微有点柴，但是烤起来还是挺香的，你一定要多吃一点。"

**雇佣兵：**"……我尽量。"

**幼　龙：**"另外一项传统是从两百多年前开始的，那就是收集槲寄生。"

**雇佣兵：**"收集那个干什么？"

**幼　龙：**"高价卖给大黑。"

**雇佣兵：**?

**幼　龙：**"大黑最近每年圣诞都要在山洞顶上挂满这种装饰，说是因为小咪喜欢。"

**雇佣兵：**"是吗？"

**幼　龙：**"但是我看小咪好像不是很想把它们挂起来的样子，可能他只是馋那上面的红色浆果吧。"

**雇佣兵：**"……可能是吧。"

**雇佣兵：**"你们就没有什么普通一点的，许愿啊，获得神秘礼物之类的环节吗？"

**幼　龙：**"有啊，我们会在睡前许愿，如果这一年我们表现得很好，听爸爸妈妈的话，第二天就会在圣诞树底下发现自己想要的礼物。"

**雇佣兵：** "是爸爸妈妈买的吗？"

**幼　龙：** "不是，是圣诞驯鹿送来的。"

**雇佣兵：** ？

**雇佣兵：** "驯鹿不就是圣诞老人的坐骑吗，还负责这种业务？"

**幼　龙：** "是啊，采购、打包、分装、运输，它们什么都能搞定。"

**雇佣兵：** "……很强。"

**雇佣兵：** "那你收到过驯鹿送来的礼物吗？"

**幼　龙：** "很早以前收到过，后来我连续好几年都许同一个愿望，但是它送来的都不是我想要的。"

**雇佣兵：** "嗯……那个，你这么想，双十二包裹这么多，难免会弄错。"

**幼　龙：** "不过没关系，今年我没有许愿，它来不来都无所谓。"

**雇佣兵：** "为什么？"

**幼　龙：** "因为我已经得到最想要的礼物了。"

## 100

大　黑：＊敲敲敲＊

幼　龙："哇，你怎么一个龙来了，小咪呢？"

大　黑："他晚点过来，他说火蜥蜴还差一会儿才能烤熟。"

幼　龙："我妈妈不是说了让你们不要那么麻烦吗，每次串门还要带吃的，多不好意思。"

大　黑："没事，应该的。"

幼　龙："所以你们要送给我的礼物呢？"

大　黑：？

大　黑："你刚才不是说不用带东西的吗？"

幼　龙："我就客气一下你还当真啊，怎么这样，哼，小气鬼喝凉水。"

大　黑："……"

大　黑："你放心，小咪会给你准备。"

幼　龙："说起小咪，前天我拜托他加工的宝石怎么样了？等会儿能一起带给我吗？我想趁今天送给玛丽莲。"

大　黑："……"

大　黑："咳，今天应该不行。"

幼　龙："为什么啊？"

大　黑："那个，没有这么快，慢工出细活，加工过程是很困难的，你知道孤山之心有多硬吗，差一点就跟我一样硬。"

幼　龙：？

幼　龙："那我今天怎么办啊?"

大　黑:"嗯……别担心,我和小咪会帮你的。"

幼　龙:"真的吗,你们打算怎么帮?"

大　黑:"这个你不用管,交给我们就行了,还有,一会儿见到小咪你千万不要催他,要不然他一着急手一抖把宝石切碎了就完了,懂吗?"

幼　龙:"可是你不是说宝石很硬,很难磨吗?"

大　黑:"……你这孩子怎么问题这么多,你还想不想要我们帮忙了?"

幼　龙:"哦。"

*半小时后*

初代团长:*敲敲敲*

幼　龙:"小咪你终于来啦!"

初代团长:?

初代团长:"你今天看到我怎么这么开心,玛丽莲呢?"

幼　龙:"他在和大黑下棋。"

初代团长:"……就大黑那个水平还敢跟人下棋?"

幼　龙:"不知道,他已经不小心打翻三次棋盘了。"

初代团长:"……"

幼　龙:"那个,大黑说你们已经想到今天要帮我和玛丽莲准备什么礼物了,是什么啊?"

初代团长:"哦,你先把玛丽莲叫出来。"

幼　龙:"等等,你先给我透露一下,是不是学习资料。"

初代团长:?

初代团长:"不是。"

幼　龙："那是电子版教材或者网课吗？"

初代团长："不是……看不出来，你居然这么爱学习。"

幼　龙："不不不，不是就好，你知道每次玛丽莲说路上给我买了礼物我兴高采烈打开之后发现是一套卷子之后的心情吗？"

初代团长（叹气）："这都把孩子吓成什么样了。"

幼　龙："玛丽莲玛丽莲，小咪找你。"

雇佣兵："来得正好，你能不能来管管你家黑龙，是不是输不起？"

大　黑："谁输不起，我那是尾巴不小心碰到的。"

雇佣兵："你尾巴没事外翻一百二十度？"

大　黑："……"

初代团长："行了，你丢不丢龙，过来帮我举着这个。"

大　黑："好的。"

雇佣兵："这是什么？"

初代团长："提词板。"

雇佣兵：？

初代团长："你也别愣着，站过来，和小绿挨着站。"

雇佣兵："干什么啊这是？"

初代团长："严肃点，我很久没有主持仪式了，让我回忆一下流程。"

雇佣兵："什么仪式？"

初代团长："还能是什么，龙骑士契约仪式。"

雇佣兵："可是团规不是说要等小绿成年以后契约才有效吗？"

初代团长："我不要团规怎么觉得，我要我觉得，龙骑士军团是我创建的，我今天就是要让你们锁了。"

**雇佣兵**："……"

**幼　龙**："好耶！"

**雇佣兵**："等等，我怎么觉得你们是在哄小孩玩……"

**初代团长**："咳，安静。那个什么，在契约即将缔成之时，若有任何阻碍你们结合的事实，请马上提出，或永远保持缄默。"

**雇佣兵**："……"

**幼　龙**："没有！"

**初代团长**："小绿，你是否愿意这个人类成为你的龙骑士，无论加班还是调休，或任何其他理由，都让他坐在你的头上或者背上，听从他的指挥，飞行或者喷火，永远执行他的任务直至到期离职？"

**幼　龙**："我愿意！"

**初代团长**："玛丽莲，你是否愿意这个幼龙成为你的坐骑，无论加班还是调休……"

**雇佣兵**："还要加班？年假一共有几天啊，高温假放不放？"

**初代团长**："……龙还怕什么高温？"

**雇佣兵**："那加班费是多少，双倍还是三倍，按小时计算吗，不会要求义务加班吧？"

**初代团长**："……不会。"

**雇佣兵**："五险一金是团里负责交吗？我和小绿的计税起征点是分开算还是合在一起？福利和奖金是发另外一张卡吗……"

**初代团长**："停，先停一下，你别说话了，你现在就回答我一个问题，你愿意吗？"

**雇佣兵**："……"

**雇佣兵**："凑合愿意呗，还能咋地。"

**初代团长**："那好的，我宣布你们正式结为龙骑士契约伴侣，现在幼龙可以……我去?"

**幼　龙:** "抱一抱。"

**雇佣兵:** !

**初代团长:** ?

**大　黑:** (热烈鼓掌)

**雇佣兵:** "……你突然凑过来干什么?"

**幼　龙:** "吸人啊,签订契约之后不是就能合法吸人了吗,我看到大黑就是这么吸小咪的。"

**雇佣兵:** "……"

**初代团长:** "……"

**大　黑:** (热烈鼓掌)

**幼　龙:** "怎么了,你们怎么都不说话?算了,玛丽莲玛丽莲,我们不管他们了,我先带你出去飞一圈!"

**雇佣兵:** ?

**雇佣兵:** "不是,你先别激动,我还没有做好心理准备……"

**幼　龙:** (瞬间起飞)

**雇佣兵:** "有人吗?过来捞我一把,放我下去!救命啊——"

**幼　龙:** (突然兴奋的幼龙 .jpg) "你说什么?风太大听不见!我好兴奋呀!玛丽莲圣诞快乐—— ♡♡♡"

\* 第一阶段·完 \*

外传一

## ——— 01 ———

公主独自坐在井边，把手里的球抛起又接住，接住又抛起，这是她最爱玩的无聊小游戏。

突然，她一个手滑，小球落进了井里，发出"扑通"一声。

"哎呀，"公主急得大叫，"糟了！那是我最喜欢的球……"

很快，一只青蛙从井底跳了出来。

青蛙："你好，请问刚才是你掉的球吗？"

公主："……"

青蛙："那个，我想提醒一下，虽然你可能是不小心的，但是高空抛物真的很危险，砸到小动物怎么办？这次就算了，以后一定要注意。"

公主："……"

青蛙："需要我帮你捡回来吗？"

公主："……妈呀！"

青蛙：？

公主："苍天啊，青蛙居然会说话！"

## 02

　　青蛙有点无语地看着一脸震惊的公主："会说话怎么了？你怎么一副没见过世面的样子。"

　　公主："不是，这科学吗？这合理吗？"

　　青蛙："在童话世界讲什么科学。"

　　公主："……"

　　青蛙："别扯那些没用的，你那球还要吗？"

　　公主："呃，要的要的，麻烦你了。"

　　青蛙转身跳进井里，不一会儿，举着小球爬了出来。

　　青蛙："给你，我还多带了几枚金币，你一起拿走吧。"

　　公主："啊？我都没有付你辛苦费，你怎么还反过来给我钱呀？"

　　青蛙："顺手罢了，那些都是以前有人扔下来的，我留着也没用，放着还占地方。"

　　公主："其实……那些人往井里扔金币，应该是为了许愿。"

　　青蛙："为什么？"

　　公主："这口井是有名的许愿井，据说很灵，经常有人来打卡……啊，我懂了！你该不会是水井为了回应人类的期待，幻化出的神灵吧！"

　　青蛙："你觉得你这个解释科学吗？"

　　公主："呃……"

　　青蛙："我只是路过的时候觉得这个井还挺不错，又干净又宽敞，也没有别的原住民，干脆就在这里定居了。"

公主："那你以前住哪里啊？"

青蛙："没有特定的地方，我以前一直在到处闲逛，或者说旅行……属于是第一人称版《旅行青蛙》①。"

---

①《旅行青蛙》是由日本游戏公司 HIT-POINT 制作的养成类手游。

## 03

公主捧着失而复得的小球，思考了一会儿，邀请青蛙跟她一起回王宫。

公主："虽然我妈老是跟我强调不许随便在外面捡流浪动物，但她指的应该是猫猫狗狗那种哺乳类动物，我捡个两栖类动物应该没什么问题。"

青蛙："谢谢……我也帮其他公主捞过东西，但你是唯一提出要报答我的，她们一般都掉头就跑。"

公主很骄傲："我和别的公主可不一样，我心理素质比她们强得多。"

青蛙："你的玩具也很与众不同，别人掉的一般是金球或者水晶球，你的这个球怎么摸起来软软的，表面还有点打结呢。"

"这个啊，"公主的语气更骄傲了，"这是纯手工制品，用我家猫猫身上掉下来的毛毛搓的。"

# 04

当天晚上，青蛙在公主的卧室见到了那只黑色的猫咪，被它好奇地闻了闻，又被它追着蹭来蹭去。

公主："哇，王二咪好像挺喜欢你的，真少见，它一直都很讨厌陌生人。"

青蛙："它叫王二咪？那谁是王大咪？"

公主指了指自己："我是。"

青蛙："……"

公主给二咪开了个罐头，帮它铲完屎，又拿着一把贝壳梳把它抱在腿上顺毛。

青蛙："你这手法还挺熟练的。"

公主："那是，我都养了五六年了，本来我家长不同意我养猫，说什么王室传统都是养小猎犬，但是我专业特殊，他们也只能答应。"

青蛙："你什么专业，兽医？"

公主："不是，我学的是魔法……国际惯例，黑猫是女巫标配。"

遗憾的是，虽然黑猫、尖顶帽和拖地斗篷等设备都早早备齐了，公主的学业依然进行得不太顺利。

公主："我不明白……我的坩埚、试管和玻璃瓶都是型号样式最齐全的，在官方旗舰店买的原价正品，评论里都说宝贝很不错，但是我一做实验就掉链子。"

青蛙："可能那些好评都是店家刷的。"

公主："……"

公主："唉，全国女巫六级考试下个月就要开始报名了……实不相瞒，我之前挂过两次，这次说什么也得过。"

青蛙："那你不抓紧时间刷题，大白天还跑到井边玩？"

公主："都说了那是许愿井！我去现场吸一口好运，总比转发神奇锦鲤强吧……也就图个心理安慰。"

"嗯……说不定那口井还真的有用，"青蛙跳进了公主为它准备的迷你别墅，"我在井里的时候就想过，希望能住进大房子，今天不就实现了吗……而且这套房子大小刚好，家具也一应俱全，是专门定制的吧，太让你破费了。"

"没有没有，"公主摆摆手，"这些都是现成的，我玩 BJD[①]娃娃来着。"

---

① BJD，英文全称为 Ball-jointed Doll，即"球型关节人偶"。

# —— 06 ——

　　青蛙在娃屋里住得很适应，每天跟公主同桌吃饭，共用一个餐盘，公主还会和他分享自己的藻泥面膜和身体乳。

　　"这没什么，反正你又用不了多少，每次多挤一丢丢的事，"公主拧开一罐海盐洗头膏，看了一眼青蛙光秃秃的脑袋，"呃，这个就算了吧。"

　　尽管如此，青蛙还是非常感动，提出要帮公主干一些力所能及的活儿，毕竟它也不好意思吃白饭。

　　公主想了想："嗯……如果你非要坚持的话，能不能在我听网课的时候当一下手机支架？"

　　青蛙："……"

　　公主从早听到晚，熬着大夜还要看回放，青蛙看她这么累，忍不住问："你当初为什么要选这个专业，辛苦不说还挣不到什么钱，而且需要终生学习不停考证，各种证书的通过率还那么低……"

　　公主："别说了，要哭了。"

　　青蛙："现在转行还来得及，仅凭一时的兴趣是没办法长久坚持的。"

　　"我不，"公主摇头道，"我知道很艰难，但我从小就想当女巫。"

　　青蛙："为什么？"

　　公主："你想，这年头治安不太好，针对王室成员的犯罪层出不穷，到处都是公主被女巫诅咒沉睡或者王子被女巫变成野兽的新闻……家长和皇家护卫总不能二十四小时跟着我，物理攻击又不是我的强项，我要拿起魔杖保护自己。"

青蛙："……"

青蛙："嗯，可以的。靠别人，你是公主；靠自己，你就是女巫。"

## 07

公主听课听得晕头转向，盯着青蛙看了一会儿，突然想到："啊！等一下……你该不会也是个被诅咒的王子吧？"

青蛙：？

公主："我觉得可能性很大，自然界怎么会有说人话的青蛙，而且你来王宫的这段时间也适应得很快，餐桌礼仪比我懂得还多……"

青蛙："不，我不是……"

公主："要不我亲你一下，万一你能变回去呢……来，试试看！"

青蛙：？

青蛙几个后空翻迅速避开："倒也不必，也许我是被伽马射线照射之后发生的基因变异呢。"

公主有点伤心："你嫌弃我？"

青蛙："不是，那个什么，你注意一下身份，不能随便乱亲，在童话世界里这样很危险，很容易开启乱七八糟的感情线的。"

公主："是吗？"

青蛙："是啊，就算是第一次见面的陌生人，只要吻了公主一下，基本就会被绑定，后面发生什么都不重要，直接快进到结婚生子从此过着幸福快乐的生活。"

公主打了个哆嗦："那没事了。"

青蛙:"好意我心领了,没关系的,虽然我以前是人类,但我已经习惯了当一只青蛙,还能怎么样,将就过呗。"

公主:"啊,你果然是人类……那你是怎么变成青蛙的,真的是女巫干的吗?"

"这个问题我没办法回答你,"青蛙诚实地说,"因为我失忆了。"

# 08

"天啦，这么狗血的吗?"公主捂住嘴，"你怎么失忆的，出车祸了?"

青蛙："我要是知道怎么回事就不叫失忆了。"

公主："……"

尽管青蛙不想主动麻烦公主，公主还是决定一定要帮它重新做人。

公主："这样，我帮你发到女巫六级备考群问问，看有没有人知道哪个同行把人类变成过青蛙，我再请他们给我个面子把诅咒解除了。"

青蛙很感动："谢谢，但是，六级都没过的女巫应该没办法使用这么高级的变形魔法。"

公主："……"有被冒犯到。

沉默了一会儿以后，公主又把目光移向了一旁的黑猫。

公主："它不会也是人变的吧?"

青蛙：？

青蛙："别想了，他就是货真价实的猫。"

公主把路过的黑猫抓起来吧唧亲了一口："好可惜，我还幻想它有一天能变成那种高高瘦瘦的黑发花美男……"

青蛙：？

青蛙："你清醒一点，少看那些乱七八糟的东西，它是不会变成人的……再说它都已经绝育了。"

公主无限遗憾地叹了口气。

黑猫：不知道人类在说什么，关我什么事。（继续认真高抬腿舔毛）

# ———— 09 ————

公主的同学在朋友圈把青蛙的消息转了个遍，然而半个月过去了，没有哪个女巫前来认领。

青蛙并不意外，不过公主没有放弃，准备再发到男巫群试一试。

青蛙："真的很感谢……但是你别趁机又开始看手机好吧，就你这样刷题五分钟奖励自己玩半个小时，你考试估计得梅开三度。"

公主："我在找答案解析！这本参考资料真的巨难，特别是主观题，简直不是人做的……但是学长学姐都说是考前必刷，吐血推荐，说只要把上面的题全弄懂，麻瓜也能考年级第一。"

青蛙："这么厉害？真的假的？"

公主："应该有用，好像编者就是以前的六级出题人，多少考生重金求他开班辅导，但他从来不收徒弟……读这本书就等于读明白考官的思路。"

青蛙："哦哦，那确实有必要好好读一读……我看看，这套模拟卷一个半小时做完不过分吧？做完再留十五分钟检查一遍，字迹写工整一点，记得设个闹钟，到时间了我来给你阅卷。"

公主：？

公主："不是，你知道判分标准吗，而且这是一百三十五分钟的题量……"

"别磨磨蹭蹭的，题海战术就是要练速度，"青蛙按下计时器，"就这区区六级，又不是专八。"

## 10

公主觉得青蛙的报恩真的很不一般，普通人根本顶不住。

"救命，我真的刷不动了，"公主虚弱地握着笔，"要不咱们歇一天，给我的大脑放个假行不行……"

青蛙抱来一叠新的草稿纸："辛苦了，一会儿喝杯茶，休息五分钟，上午咱们还得再做两套魔药学历年真题……哎呀，你这个置换反应又没配平，那再加一次方程式默写吧。"

公主："……"

青蛙："你别这么看着我，谁让你基础这么薄弱呢，临时抱佛脚就是要尽力增加阅题量，你现在刷的都是常规题型，复杂一点的我们下个阶段再讲……你到底想不想及格？"

公主："……想，呜呜。"

短短一段时间以后，公主进步明显，虽然离及格线还有一定距离，但总算看到了希望。

公主："许愿井果然有用！我考前再去拜一拜！"

青蛙："学魔法的人能不能不要这么迷信，过来看看你这道计算，说了那么多遍，怎么符号还能写错？明天做一套专项训练……"

"明天不行，"公主解释道，"不是我要偷懒，是真的有事，邻国的王子专程来拜访，我得去接待。"

青蛙："哦哦……你们很熟吗？"

公主："不熟，以前根本没见过，但他挺有名的，跟我差不多年纪，就是那种童话书里的标准王子，金发碧眼佩剑骑马，去迪士尼兼职都不需要培训的程度。"

青蛙："那他这次来是要干什么?"

公主："信里没说，只写了有重要的事情想当面跟我沟通……哇，不会是来相亲的吧?"

青蛙："不不不，你们王室成员的婚姻没有那么正常，一般都要经历被绑架、囚禁、追杀、诅咒、流放、变形或者死亡之后才能和另一半顺利在一起。"

公主："……打扰了。"

## 11

王子到达的前一晚，公主还是按耐不住八卦的心情，和群友打听他的资料。

"重大发现！"公主冲到青蛙面前，"我的天！那个王子竟然和我是同一个专业的，现在是全国巫师协会正式会员，我们群里分享的学霸笔记就是他写的！"

青蛙："啊？"

公主："还没完，他不止理论知识厉害，实战经验也很丰富，曾经在人数处于劣势的情况下，成功带领士兵击退了一直盘踞在边境的半兽人大军，据说他在逆风局力挽狂澜，一个群攻大招，出面先锋部队全部化为枯骨……这就是光明魔法刷到满级的技能吗，爱了爱了，我也要学！"

"……等等，"青蛙疑惑道，"这听起来不像是光明魔法的效果。"

公主："不会吧，我们王室只能学这个方向……而且你知道他为什么这么厉害吗？"

青蛙："为什么？"

公主举起手里的参考书，使劲往编者名字上戳："因为他就是这位导师的得意门生！"

青蛙："啊？你之前不是说那个出题人不收学生吗？"

公主："哎呀，凡事都有例外，我们群主有小道消息，他唯一收过的徒弟就是邻国王子，全程一对一指导，名师教学权威授课，从入门到精通，只用了三四年的时间，普通人本科都没毕业，王子就开始写博士论文了。"

青蛙："三四年？慢了，王子领悟力有点弱。"

公主："……"

公主："唉，有这种导师带，他运气也太好了，要羡慕死谁呢。"

青蛙不以为意，告诉公主只要她好好按照自己的方法按部就班地学习，低分飘过不在话下。

公主："呃，你要鼓励我的话，不应该说满分通过吗？"

青蛙充满慈爱地看了公主一眼。

青蛙："你说这话你自己信吗？"

公主："……"

青蛙："再说了，童话世界里，这种师徒关系很危险，如果那个老师真像你说的那样只带一个学生，多半还是皇室专属贴身家教，很容易发展出乱七八糟的感情线……"

公主眼睛一亮："原来你也这么觉得……那不是更好！"

青蛙："啊？"

公主："实不相瞒，我们群友除了分享学霸笔记，还分享了1G多的同人文包。"

公主给黑猫加完水和猫粮，捏着鼻子铲完屎，准备关上阳台门，熄灯睡觉。

公主："咦？今天的天色好奇怪，云层看起来是紫色的，月亮周围还有一圈红晕。"

青蛙躺在迷你木床上，给自己盖上小被子，随口问道："突现血月是什么预兆？"

公主："呃……"

她正准备轻手轻脚地溜去翻书，忽然听到娃屋被撞倒的一声巨响，回头一看，青蛙被黑猫含在嘴里，只露出两条不停扑腾的腿。

"啊！"公主吓得魂飞魄散，"王二咪！那个不能吃！"

　　黑猫叼着青蛙，在卧室里灵活地上蹿下跳，公主尖叫着在它身后追赶："快吐出来！你不是刚吃过猫条嘛！"

　　折腾了半天，黑猫钻到角落的花盆后面，在土里刨了个洞，低头把青蛙轻轻放了进去，又匆匆忙忙往它身上盖土。

　　公主：？

　　公主："这是什么猫咪迷惑行为大赏……你没事吧，它怎么突然要把你埋了？"

　　青蛙摆摆手："它不是想伤害我，只是想把我藏起来，动物总是有一种奇怪的本能……比起那个，血月的意思是……"

　　它还没来得及说完，黑猫看到公主把青蛙捞出来，急得上前伸爪子抢夺，一人一猫正在拉拉扯扯，青蛙不知道被谁甩飞，重重撞在墙上。

　　公主："……"

　　黑猫退了两步。

　　黑猫："不关我的事，我只是一只无辜的小猫咪。"

　　公主捡起昏迷的青蛙，不知道该不该给它来个心肺复苏，正在茫然无措，突然刮来一阵大风，紧闭的阳台门被吹得砰砰作响，就像是有怪物正试图破门而入。

　　电光火石之间，公主想起了空中异象的缘由。

　　这代表有领主级别的恶魔正在接近。

# 14

　　公主把魔杖咬在嘴里，一手抱着猫，猫抱着青蛙，另一只手在翻箱倒柜，急得满头大汗。

　　公主："我到底放哪儿了……"

　　不一会儿，耳边传来一个幽幽的声音："所以说买那么多瓶瓶罐罐，到关键时刻一点都不实用，它们长得都差不多。"

　　公主下意识反驳："哪里差不多了？左边这个锥形瓶刻的是茉莉花纹，右边刻的是玫瑰……妈呀，你醒了！"

　　青蛙从黑猫爪子里跳出来："嗯嗯……你在找什么？"

　　公主："找驱魔药水！我得搞快点，恶魔说不定什么时候就会到……"

　　青蛙："唉，你知识点背了那么多，能不能学以致用，这种级别的恶魔能被你那一瓶药水赶走？你当是驱蚊呢？"

　　公主："……"

　　青蛙："你先别慌，我有些事情要跟你说。"

　　公主："现在吗？"

　　"就现在，"青蛙说，"刚才摔那一下我好像摔到脑子了……我觉得我……"

　　"天啦！"公主扶着心口，"你该不会摔傻了吧？"

　　青蛙："……"

　　青蛙："我恢复记忆了。"

公主顿了一秒，然后疯狂鼓掌。

公主："恭喜！你想起你是怎么变成青蛙的了？"

青蛙点点头。

公主："那你可以变回去了吗？"

青蛙又摇摇头。

公主："……"

公主："到底怎么回事？"

青蛙："说来话长……有个坏消息，那个恶魔应该是冲我来的。"

公主：？

青蛙告诉公主，关于邻国的王子，他之所以决定当男巫，跟着导师学习，就是想帮自己的王国赢得和半兽人的战争。

"但是他觉得，仅仅凭借光明魔法的力量还不够，"青蛙说，"其实不是专业方向的问题，是他自己学得太慢……咳，这不是重点，重点是，他为了能够快速获得对付黑暗生物的能力，不惜与恶魔做了交易。

"很快，他如愿成为了法师，并且进步神速，甚至超越了自己的导师……他取得了战争的胜利，代价是向恶魔献祭自己的灵魂。

"导师发现他的愚蠢行为以后勃然大怒，但为时已晚，他极力阻止王子与恶魔的交易，然而契约并不是那么轻易就能破坏的，王子的生命虽然被挽救了，不过……"

"啊！"公主蹦了起来，"我知道了！王子虽然没死，但却变成了青蛙，还失去了记忆……你果然是！"

青蛙：？

青蛙："你理解水平是不是有点……我要是王子，那明天要见你的是谁？"

公主："呃……"

"实际上，当初导师说服恶魔，用他的灵魂来代替王子，又独自在合同签订现场设下陷阱，试图将恶魔永久封印，但在施法中途遭到反击，"青蛙叹了口气，"准确说来，是被恶魔抓着手要在自愿献祭人类灵魂协议上按指印……情急之下，为了钻合同的漏洞，导师干脆把自己变成了另一种生物。"

公主："啊？"

青蛙低下头："没错，我就是那个倒霉导师。"

## 16

公主久久说不出话。

消化完这个事实，她缓缓抬起头："这、这么说……这么说那些恶心得要死的题都是你出的啊！你的思路是不是想要考生死！"

青蛙：？

咆哮以后，公主又担忧起来："那你现在怎么办，那个恶魔如果马上就找上门……话说他怎么知道你在这里啊？"

青蛙："也许是因为你在朋友圈到处转发吧。"

公主："……"

青蛙："算了，躲是躲不过的，实在打不过，我跟他走就是了，总之不会连累到你。"

公主："我不是这个意思，我是说，你学生不是明天就要来了，让他去打，反正都是他惹出来的麻烦。"

青蛙："这个……"

公主："怎么了，你怕他不愿意负责吗？"

青蛙："这倒不是，就是，那个什么……万一他受伤了怎么办？"

公主："……苍了天了，还有闲工夫操心别人。"

公主："呃，我算是知道你学生为什么这么作了，都是你惯的。"

# —— 17 ——

溺爱学生的青蛙坐在黑猫头上，静静等待恶魔的到来，像是在等待自己宿命的结局。

公主："你就不能变回去吗？这样的大决斗怎么说，一点都不紧张，还有点喜感，总感觉你要跳起来打他的膝盖。"

青蛙翻了个白眼："我变回去要是再被强行按指印怎么办？嗯？"

公主："也是……这都什么破事。"

晨光熹微，一个头上长着犄角，后背生有骨翼的身影落在阳台，礼貌地敲了敲门。

"好久不见，"青蛙跳了出去，"是时候做一个了结了……"

他的话音戛然而止，门外一片寂静，公主好奇得挠心挠肝，探头瞅了一眼，也愣住了。

站在青蛙面前的，是一个金发碧眼、年轻帅气、头戴王冠的半恶魔。

王子规规矩矩地坐在单人沙发上，公主梦游般给他泡了一杯茶，紧挨着青蛙坐在他对面。

房间里的氛围非常诡异，王子接过茶杯，对公主说了声谢谢，但眼神一直没有离开青蛙。

"老师……"王子小声开口，"居然真的是您，我看到群里的消息还不能确认，但实在等不到明天，就提前过来了。"

青蛙没搭理他。

王子："您还在生我的气吗？我知道自己之前很幼稚很冲动，但是您也不该瞒着我去和恶魔做交易……"

青蛙提高音量："你还好意思说我？谁先把恶魔召唤出来的？你没瞒着我去和恶魔交易？"

王子立刻道歉："那次意外之后我已经深刻反省过了……"

"反省？笑死，你别闯新的祸就不错了，"青蛙盯着王子收起来的骨翼，王二咪正兴奋地把它当成猫爬架，"这玩意儿是怎么弄的？"

"如您所见，我现在已经是半个恶魔了，"王子揉了揉黑猫的脑袋，"当初您失踪以后，我到处都找不到您，没有别的办法，只能再次召唤出那个恶魔。"

青蛙："你是不是脑子有病，我好不容易把他赶回地狱，你却……"

王子："您听我说完，我不是立刻召唤他的，那时候我已经读完了您的藏书，找到了对付恶魔的方法，也做好了充足的准备。"

　　青蛙："听你这个语气，难道你已经把他解决了？"

　　"是的，解决得还挺轻松，"王子露出了见面以来的第一个笑容，"我意识到，要用魔法打败魔法，用恶魔打败恶魔。"

# ——— 19 ———

　　转化需要的道具和材料种类又多又稀有，王子花了不少时间才全部搞定，等他成功以半恶魔的身份召唤出那个同类，才发现他也不清楚导师的下落。

　　"我没想到，他竟然一问三不知，"王子回忆道，"我真的非常失望，一度以为再也见不到您了。"

　　青蛙哼了一声，有点抵抗不住王子略带委屈的表情。

　　"还有一点我没想到的是，之前以为不可战胜的恶魔，在消除种族优势以后，竟然变得那么弱……"王子的声音很轻，"太可笑了，那种垃圾货色，还敢用嘲弄的语气提起您，跟我描述他是怎么让您不得不放弃人类的身份……我一下子没控制住，不小心扭下了他的头。"

　　青蛙："……"

　　公主："……"

　　王子："我真的就那一下，下手重了一些，之前我撕下他翅膀和颅角的力度都刚刚好……"

　　"停，别说了，"青蛙忍不住呕了一声，"我不需要知道这些细节。"

　　王子乖乖点头道："好的导师，那些都过去了，现在最重要的是，我终于找到您了……您放心，现在可以解除变形了。"

　　青蛙心情复杂，一团柔和的薄雾将他包围，雾气散去后，一个成年男巫出现在沙发上。

　　"天啦!"公主再次惊呼出声,"原来你才是那种高高瘦瘦的黑发美男!"

魔法解除，青蛙重新变回王子的导师，真是可喜可贺。

但王子的脸上还是一片愁云惨雾，因为导师很明显并未消气，和他说话的时候腮帮子都还是气鼓鼓的。

公主表示，这可能是青蛙后遗症。

王子继续跟在导师后面低头服软，说为了弥补自己年轻时候的过错，取得导师的原谅，要他做什么都可以。

导师："是吗?"

导师："那你先辅导她考过六级。"

公主：?

于是王子暂时在宫殿住了下来，白天当公主的家教，晚上熬夜手写万字检讨。

在知名学霸的加持下，最后公主成功通过了六级，真是可喜可贺。

导师："恭喜你。"

公主："哪里哪里，都是你们教得好，嘿嘿……"

导师："你笑什么? 接下来还有专业八级、初级女巫资格证、中级女巫资格证、高级女巫资格证、国家注册女巫执业资格证……学无止境，你还差得远呢。"

公主：?

王子："扑哧。"

导师："你也别笑，她要是没过，我连你一起罚。"

王子："……"

导师："你有意见？"

"没有，"王子老老实实地附和，"我都听您的。"

导师："呵呵，少跟我装。"

"有个问题我憋了很久了，"公主的眼神在导师和王子之间扫来扫去，"我严重怀疑你以前偷偷给他透露过……"

导师：？

公主："……原题，要不他怎么回回考证都是一次过呢？"

导师："你这孩子……说话能不能不要大喘气。"

就这样，在异国的王宫里，年轻的导师收获了一个新学徒，公主收获了一本新习题，王二咪收获了一对新爬架，每个人都有了自己的成长……真是可喜可贺，可喜可贺。

外传二

红龙守在城堡大门前，紧张地看着马背上的骑士。

他的盔甲随着移动时身体的起伏而发出沉重的响声，每靠近一步，红龙就小幅度颤抖一下。

红龙："你、你别过来！我可是会喷火的！"

骑士："啊？"

红龙开始背台词："哈哈哈，愚蠢的人类，这里是恶龙的领地，只要敢踏入一步就会被烧成灰烬，在无边的地狱里……呃，抱着悔恨……"

等等，后面写的什么来着？他悄悄瞄了一眼爪子里的小纸条，继续念到："……忍受灵魂被炙烤，永无止境的痛苦！"

骑士："哇，听起来真可怕。"

红龙顿觉受到了鼓励："是吗？谢谢。"

骑士："但我还是得进去……"

"不行！"红龙急道，"你干吗非得进去啊？里面什么也没有，三楼走廊尽头带露台的房间里没有沉睡的王子，更没有公主，地下室仓库里也没有堆成小山一样的金银珠宝，我从来没有把金币当成零食偷吃……"

骑士："……"

骑士驱马向前："我相信你，不过……"

红龙用力挥了挥翅膀："愚蠢的人类！不要再执迷不悟！你不知道有多少自以为是的冒险者被我打得抱头鼠窜……"

骑士停住了。

他看到红龙翅膀上被刀砍过的痕迹，鳞片的缝隙间还插着一支断箭。

红龙还在试图用语言震慑入侵者："就是说我真的很能打！像你这样的我可以一个打十个！为了你的生命安全我建议你马上离开……"

"请原谅，我无意打扰沉睡的公主，也不会觊觎地下室的宝藏，"骑士说，"只是前几天我和大部队走散了，又累又饿，看天色一会儿还有场暴雨，可以让我暂时住一晚，就在大厅休息一下吗？"

"天啊，原来是这样！"红龙赶紧打开大门，"怎么这么可怜，那你快进来吧！"

# 02

　　等骑士把马拴在马厩，来到城堡大厅的时候，红龙已经在客房往壁炉里添了一堆木柴。

　　"你带火柴了吗?"红龙招呼道，"你的斗篷都湿透了，一会儿过来烤一下吧。"

　　骑士有点惊讶："谢谢……但是我的火柴盒也被淋湿了。"

　　红龙："哎呀……真是倒霉。"

　　他思考了一下，问骑士："你会那个吗，我听说很多人类在野外生活都得学习的技能，钻木取火……"

　　骑士："我没学过。"

　　红龙："你怎么连这个都不会啊?"

　　骑士："因为我们平时都在王城的骑士团训练，不需要自己生火做饭，食堂的饭菜还挺好吃的，宫廷大厨掌勺，一天两顿战斧牛排，肉管饱。"

　　红龙吞了一下口水。

　　红龙："那、那现在怎么办?"

　　"呃，"骑士略带疑惑地看着红龙，"你不是会喷火吗?"

## 03

红龙想也不想就回答："谁说的？"

骑士："……你自己说的。"

红龙："……"

红龙："咳，我的意思是，我当然会喷火，但我不能随便乱喷，万一整个城堡烧起来怎么办？"

骑士："你可以在室外喷一点小火星，引燃后我再拿进来。"

"那也不行，"红龙说，"森林里怎么能做这么危险的事，你没听说过吗，今天山上一缕烟，明天所里来探监。"

骑士："……"

骑士："好吧，没想到你的环保意识还挺强。"

红龙骄傲地抬起头："是啊，我比普通人类素质高多了，你们不但往陌生人城堡里闯，还随身携带武器，一言不合就攻击，特别是那些弓箭手，卡着走位远程输出，都不肯开麦交流，就知道躲在队友后面放冷箭……"

骑士听完红龙气鼓鼓地抱怨一通："所以最后你一口气把他们全烧光了吗？我听说有的龙还会把人类当成食物……"

红龙大惊失色："什么？太残忍了，快别说了，我可听不得这个！"

骑士：？

# 04

晚餐时间，红龙表示城堡后面的池塘可以捕鱼，菜地里还种了一片莴苣。

骑士："你这蔬菜长得挺不错的。"

"是吧！"红龙一脸美滋滋，"是一个好心的巫师教我的，前段时间他专门带他的对象来跟我道歉，还送了我好多种子呢。"

骑士："找你道歉？为什么？"

红龙："他对象以前到处拯救被困的少女，他以为我是囚禁公主的恶龙，非要踩着我爬上二楼露台，还差点踹到我的头……"

骑士："……那你翅膀上的伤也是他干的吗？"

红龙："那倒不是，他去二楼卧室溜达一圈就走了，这根箭断在这里很久了，我不敢往外拔，越拔越疼。"

骑士凑近仔细看了看："你确实不应该拔，这种箭带有锋利的倒钩，是猎杀专用的……只有一种治疗方式，割开肉把它取出来。"

说着，骑士从腰间拿出一柄匕首，在伤口周围比划了几下。

两个小时过去了，红龙还是在哭。

骑士："抱歉，我只带了这么点麻药，药效管不了多久。"

红龙："呜呜呜早知道这么疼我还不如不管它呜呜呜啊！"

骑士严肃道："你的伤口已经化脓了，如果继续任由腐肉扩散，最后你可能需要截肢。"

红龙吓得打了个嗝。

骑士拍了拍他的爪子："不过现在没事了，我对付这种情况很有经验，帮你清理得很干净……养伤期间你就不要再和人类一打十了，好好休息。"

红龙点点头，又哼哼唧唧道："我又没有主动去招惹他们，是他们老是过来找我的麻烦。"

骑士："我大概知道为什么……冒昧问一句，我发现卧室不像是有人住过的样子，地下室也空无一物，睡美人和财宝究竟到哪里去了？"

红龙："都说了没有……你什么时候去看的？"

骑士："呃，在你哭晕过去的时候。"

# 06

经过几次尝试，骑士终于成功升起了炉火，红龙把尾巴伸过去，搭在骑士膝头取暖。

木柴噼啪作响，红龙虚弱地叹了口气。

红龙："关于这座城堡，你们到底是怎么传的？"

骑士："嗯……很久很久以前，老国王和王后迎来了他们的第一个孩子，宴请了全国所有知名的女巫，来宾纷纷为孩子送上祝福，除了一个巫师，他对于自己没有收到邀请非常愤怒……"

红龙："呵呵，怪得了谁，当初国王群发小王子的照片，别人都夸宝宝可爱，只有他回了一句不会吧不会吧，不会只有我觉得这孩子长得不太机灵吧，长大肯定是个傻子。"

骑士："……"

红龙："小王子周岁宴那天，就在其他巫师为小王子的天赋点到底该加在哪争论不休的时候，杠精巫师不请自来，他表示吵什么吵，就这么一点小事，今天我们聚在一起，是为了庆祝小王子的生日，我祝他……"

骑士："在十八岁成人礼当天被纺锤扎破手指，陷入永永的沉睡？"

"睡觉算什么诅咒啊？他说的不是这个，"红龙回忆道，声音越来越小，"他祝愿小王子在成年以后，失去所有家人和朋友的陪伴，永远告别无忧无虑的人生……从此变成一头恶龙。"

骑士看着又开始抽抽噎噎的红龙，安慰的话几次到嘴边，又什么也没说。

骑士："鱼烤好了，吃点吗？我涂了从家乡带来的秘制酱料，你吃得惯蜂蜜口味吗？"

红龙止住了眼泪："……我喜欢吃甜的！"

骑士递过一串烤鱼，又开始翻烤另一串："说起来，在我们听说的那版故事里，睡美人可以被王子的吻唤醒……你试过这个办法吗？"

红龙："什么乱七八糟的，性骚扰可以救人？没有那种事情好吗。"

骑士："那你知道要怎么变回去吗？"

红龙："……方法我都知道，但是完全行不通。"

骑士："跟我说说吧，万一我能帮忙呢。"

"这个……"红龙说，"要守住城堡，以及连续打败一百个入侵者。"

骑士："嗯……你目前打败多少了？"

红龙："……"

虽然红龙本来就是红色的，但骑士觉得他的脸又涨红了一点。

骑士："那个，你别多想，我只是随便猜猜……该不会一个也没有吧？"

红龙:"……"

红龙:"怎么了！有什么办法！这能怪我吗！我根本就不会喷火——我又不是真正的龙！"

红龙觉得，杠精巫师的魔法真的十分缺德，只给了他恶龙的外表，却不给他恶龙的武力值。

红龙："我要是像如假包换的龙那么能打，他们还敢排着队来欺负我吗？说得那么正义，什么为了拯救公主，闯进来以后根本没人去卧室看一眼，都是马不停蹄地冲进地下室搬我的存款，连我的黄金磨牙棒都不放过……"

骑士："……"

红龙："地下室被搬空以后，有的冒险者气急败坏，不想空手而归，就想打我的主意，把我的头带回去，挣一个屠龙勇士的称号……还好我躲得快，把自己反锁在地下室里，他们进不来，只能干瞪眼，嘿嘿。"

骑士："……"

"像你这样友善的骑士我还是第一次遇到呢，"红龙有点不好意思，"之前我那么吓唬你你也不生气，不像他们那样把我家里翻得乱七八糟、偷我的东西，你还帮我处理伤口，真是太好啦！"

骑士的笑容有些勉强。

骑士："其实，我……我一开始也是抱着其他目的来的。"

骑士所在的国家已经饱受战乱之苦多年了，为了应对新一轮的战斗，骑士团的众人四处分散，寻找财宝、筹备物资，甚至考虑能不能征服一头恶龙，以龙骑士的身份加入战场。

红龙："哇，龙骑士！好酷炫哦，真的有这种职业吗？"

骑士："应该有吧，但是在看到你的第一眼，我就放弃了，你看上去……"

红龙：？

骑士："……比较爱好和平。"

红龙："确实。"

"对不起，我没有说真话，"骑士惭愧道，"我不是因为迷路不小心来到这里的，我费了很大功夫才打探到城堡的位置，本来我也想凭借这里的财宝为骑士团配置更好的装备……没想到，这里已经什么都没有了。"

"那个……"红龙指了指菜园的方向，"其实，我也隐瞒了一些事情……我还有两箱宝石埋在那里，如果你需要的话，可以把它们挖出来，就在第五排左数第七颗莴苣下面。"

骑士不愿意接受红龙的礼物，但红龙非常坚持。

"反正我留着也没用，还影响莴苣的生长，"红龙说，"就当是答谢吧，那支断箭经常让我疼得睡不着觉……而且你的烤鱼也超级好吃，退休以后可以考虑转行当个厨子。"

骑士："……"

他和红龙那双总是水汪汪的大眼睛对视了很久，才开口问道："你还缺纱布和酒精吗？"

红龙："啊？"

骑士："我带的药膏只够你用半个月，下次我再多带点医疗用品吧，你有好多东西都过期了。"

红龙的耳朵瞬间翘起："这么说……你以后还会再来找我玩！"

骑士："嗯，等战争结束以后，我来找你挑战一下以一敌百吧。"

## 11

　　骑士最终没有带走宝石，但是带走了红龙伤口脱落的一块鳞片。

　　红龙："你真的不要吗?"

　　骑士："我没跟你客气，这块鳞片的价值要高得多，龙鳞是世界上最坚固的材料，我可以用它做一块护心甲。"

　　红龙："是、是吗?"

　　骑士："以后再有人过来，就先往地下室躲一会儿吧，别傻站在门口，人类在贪欲面前是不会跟你讲道理的。"

　　"我知道啦，"红龙把骑士送到城堡前，"那你早点回来吧……那个很甜的酱料，下次能再带一点吗?"

红龙的伤口自行结痂又脱落了，乍一看完好如初，只有仔细观察才会发现浅浅的一道红痕。

直到鳞片彻底愈合，他也没有等到骑士的药膏。

莴苣收了一季又一季，中途有一次菜园被粗鲁的雇佣兵毁了大半，红龙又骂骂咧咧地把它重新修复。

坐在池塘边看着游鱼发呆的时候，红龙偶尔会想，骑士承诺的蜂蜜酱到底哪天才能带来呢？

如果杠精巫师看到这一幕，一定会嘲笑他，果然长大以后智商不太高的样子，不会吧不会吧，你不会真的相信人类跑路的说辞吧？

但是红龙觉得，骑士只是有事耽搁了，也许他方向感不太好，正在附近绕圈……

"我要趁他来之前刷新战绩，"红龙嘟囔道，"可不能让他一个人秀完了。"

# 13

　　某天清晨，红龙给莴苣浇完水，又听到城堡门口传来一阵动静。

　　似乎是盔甲碰撞的细小声音，红龙急急忙忙朝外面跑去。

　　带着晨雾和露珠，一个身影随微风而来，高大而敏捷。

　　他的面容如往常一样英俊，金发在额前轻轻晃动，只是那对深蓝色的眼珠不再闪闪发亮，而是充斥着点点幽光。

　　那是一个亡灵骑士。

骑士知道红龙是个哭包，但没想到它这么能哭。

"你、你还一个人头都没帮我拿到呢，"红龙哭得稀里哗啦，"你怎么把自己先送来了呀！"

骑士："……呃，我又不是故意的。"

红龙看着亡灵骑士胸前的一团黑雾，那是生前致命伤的标志："怎么会这样，你不是有我的鳞片吗？"

"战争嘛，难免有伤亡，"骑士有点无奈，"而且你忘了吗……你又不是真的龙。"

红龙："……"

假冒伪劣产品害人不浅。

眼看红龙又要开始抱头痛哭，骑士迅速转移他的注意力："你看我带了什么？"

红龙："……什么？"

骑士："甜辣酱、蛋黄酱、千岛酱，培煎芝麻酱……在变回人类之前，想不想试试人类的健身沙拉餐？"

通往城堡的小路上，红龙曾经制作的"内有恶龙，请勿靠近"指示牌又被附近的雇佣兵立了起来，后面还补了一句"危险！小心不死生物"。

骑士单挑解决了十几个冒险者，此后前来挑衅的人数不断下降，大家都在互相告诫，干脆以后把这个地点加入冒险者指南的绝对禁区吧。

对此，骑士有点担忧，万一真的没人来了，凑不齐一百场胜利怎么办，要不我出去吸引一些仇恨，来波钓鱼执法？

红龙则表示，大可不必！整天打打杀杀的多没意思，你活着的时候明明都已经厌倦了那样的生活，现在这样悠闲种菜，研究烧烤技巧的日子就很快乐。

骑士："可是，你的诅咒……"

"那个啊，顺其自然吧，我懒得管了，"红龙在露台上照料着用亡灵骑士带来的花籽种出的月季和玫瑰，毫不在意道，"现在如果杠精巫师再出现在我的面前，我只会对他说……不会吧不会吧，你不会真的觉得你的诅咒很成功吧，只有我一个人觉得当一头恶龙真是太好了吗？"

外传三

勇敢无畏的王子来到邪恶巫师的高塔下，抬头望向那扇紧闭的窗户。

据说塔顶被囚禁着一位美丽的少女，大家都叫她莴苣姑娘，在她还是个婴儿的时候，就遭到邪恶巫师的绑架，此后一直被锁在狭小的房间里，连下楼散步的机会都没有。

王子决心要让这位可怜的少女重获自由，在塔底从白天等到傍晚，终于等到莴苣姑娘开窗通风，连忙对她拼命招手。

王子："嗨——能听见吗——"

莴苣姑娘："你说啥——风太大听不清——"

王子："我是来救你的——"

莴苣姑娘："送快递的是吧——你放楼下吧——会儿有人帮我带上来——"

王子：？

王子："不是，我……"

莴苣姑娘："贴墙放就行——谢谢啊——"

王子："……"

关上窗户以后，莴苣姑娘美滋滋地想，非同城配送物流速度也太快了吧，都要赶上次日达了，而且这个快递小哥也帅得离谱，可以的，必须给店家来个五星好评。

看来远距离沟通缺乏效率，王子心想，得想个办法跟她面对面交流。

他曾经看过一个八卦博主说，邪恶巫师回家的时候会在塔下高喊"莴苣，莴苣，放下你的头发"，莴苣姑娘就会垂下她长达几十米的发辫，让邪恶巫师把它当成绳索爬上去。

热评第一：发质这么好，什么牌子的洗发水？

热评第二：长头发要怎么护理啊，我头发刚留到腰部，发尾已经开始干枯分叉，一扯就断，怎么才能让头发变得强韧有光泽呢？

一直刷到十几层回复，才有人对莴苣姑娘的处境提出了建议：她可以在邪恶巫师爬到一半的时候把辫子剪断，让他直接摔死啊！

大家纷纷赞同，直到有人问：那……那她自己以后怎么下去……

王子取关了那个八卦博主，心想放的什么假料，还几十米发辫，我看得清清楚楚，莴苣姑娘留的是公主切。

# 03

　　王子打算躲在高塔附近，等邪恶巫师回家，亲眼看看他到底是怎么上去的，再依葫芦画瓢。

　　高塔周围荒无人烟，一直到午夜，才有一个年轻男人走来，满脸倦容，手里还提着几个外卖袋子。

　　"烧烤炸串、手打柠檬茶、酸辣柠檬鸡爪、奥利奥咸奶油盒子蛋糕……"年轻男人检查了一下餐品，"呃，不是说要减肥吗，她怎么越来越能吃了。"

　　王子心想，这是刚毕业就出来送外卖吧，大晚上的还在这么偏僻的地方接单，真的不容易，果然还是要外出历练才能见识到打工人的辛苦。

　　年轻男人靠近塔底，王子聚精会神地观察，也许莴苣姑娘会从窗口放下一个篮子来接东西，自己或许可以趁机塞上一张纸条……

　　下一秒，年轻男人敲了敲一块活动砖头，塔身出现一扇隐蔽的小门，他按了一下小门旁边的按钮，门从中间打开了。

　　王子：？

王子乘坐观光电梯顺利来到塔顶。

入户走廊上，年轻男人正单手换鞋，看见王子，愣了一下："……你谁啊？"

王子："我是谁不重要，我是来找莴苣姑娘的。"

"这孩子怎么还和网友面基……"年轻男人小声念叨，"等一下，我把她叫出来。"

王子：？

王子："那个，我们不是网友……你好像跟她很熟，她一天点几顿外卖啊？"

年轻男人："至少两顿，跟她说外卖吃多了不健康她就是不听，她老是嫌我煮的食物没味道，自己在家做的饭菜少油少盐有什么不好……"

王子："等等，你跟她住一起？"

年轻男人："呃，不然呢？"

"天啊，"王子无比同情，"你是邪恶巫师的管家？还是说你也是被绑架到这里的受害者，你被他控制了？"

年轻男人："……"

年轻男人："谢邀，我就是邪恶巫师本人。"

王子："我觉得你的气质……不太像邪恶巫师。"

这句话的重点是"邪恶"，但巫师以为他是在质疑自己的专业能力，心想，什么！我不像巫师？你以为我的高级巫师职称是白考吗！

当下他从怀里掏出一根魔杖，指着王子："……是吗？"

这本来是一个威胁性很强的动作，但由于巫师的长袍领子系得太紧，导致魔杖看上去像是从胸前一点一点抽出来的，让王子看得有点脸红。

王子："嗯……我刚才还在想，干脆买一送一，把你一起救了。"

巫师："……"

巫师："你救我干什么？不是，你救她干什么？她向你求助了？我跟你说，她在网上聊天发的'救命'不是真的求助信号，就是个语气助词，她们这些小姑娘现在都这么说话，什么'救命，这杯神仙奶茶也太好喝了吧'一类的。"

王子：？

王子："啊这，这我倒没有看见，我只是听说这里有一位被困高塔的少女，想带她离开……"

"你想让她下楼？"巫师提高了音量。

王子心想，反应这么激动，邪恶巫师果然不愿意放手，看来一场恶战在所难免……

巫师："你真的能让那个宅女走出房间？求你了，搞快点！"

# 06

　　王子看着莴苣姑娘往奶茶里倒入第三杯芝士奶盖，大受震撼。

　　莴苣姑娘："来一杯吗？"

　　王子："……不了，谢谢。"

　　莴苣姑娘："原来你是来劝我出去的……好意我心领了，但是真的没必要，说起来你们这些王子啊骑士啊是不是有什么比赛，规定每个月要拯救一名少女什么的，不然你们怎么老管别人的闲事。"

　　王子："……"

　　巫师："礼貌！注意礼貌！"

　　王子："是我误会了，看来你在这里过得不错，也没有受到虐待……但是你就不想去见见你的亲生父母吗？毕竟你从婴儿时期就和他们分开了。"

　　莴苣姑娘："呃……不想，我估计他们也不想，你看他们来找过我吗？我才不走，我在这儿挺好的，就要男妈妈就要男妈妈！"

　　王子："啊这……？"

　　巫师叹了口气。

　　巫师："关于她父母的事，说来话长。"

在邪恶巫师还是个中二少年的时候，曾经在高塔底下种了满花园的莴苣。

巫师："别的巫师都种草药，因为实用，或者种玫瑰和月季，因为优雅，但我偏要种蔬菜，因为我就要与众不同，就要叛逆！"

王子："那为什么不叫菜园？"

巫师："……"

巫师："我意外发现，我真的很会种菜，定植后五到七天就追施一次叶菜丰加 0.2% 尿素提苗，并进行一次土壤中耕，既注意保温防冻，又重视放风排湿……"

王子：？

巫师："不好意思，扯远了，总之我的莴苣个个长得新鲜水灵，炖汤炒菜真的绝了，我自己平时都不舍得多吃……没想到有一天，我的大棚竟然被人闯入，莴苣全部被偷走了！"

王子："是她父母干的吗？我听说是那位孕妇在产前突然什么都吃不下，只想吃莴苣……"

巫师："不是，他们只是想搞钱，把我的莴苣卖掉以后，买了半头烤猪吃。"

巫师咬牙切齿："不仅如此，他们还长期偷我的……"

王子："你的施法材料？魔药配方？"

巫师："……我的 Wi-Fi 密码！"

现在回想起来，巫师还是拳头邦硬。

巫师："我一周内改了三次密码！三次！他们是怎么回回都破解的！我每次打排位网速都慢，放个大招卡成PPT，三天两头挨队友举报消极游戏，线上被骂菜，线下被偷菜，我真的……我真的再也无法忍受了！"

王子："……所以你为了报复他们，提出要带走他们的新生儿？"

巫师："呃，我确实这么说过。"

王子："虽然他们做得不对，但是这种惩罚方式也未免太残忍了吧……"

"哼，我就那么一说，我怎么知道他们真的会给！"巫师从沙发上跳起，"本来我只是想吓唬一下，让他们多赔点钱，没想到他们直接把孩子塞我怀里了！"

王子："……啊？"

巫师："她当时才那么一丁点大，软绵绵的一团，我从来没接触过人类幼崽，抱着她都浑身打哆嗦！"

王子："不是，等等……所以你干吗这么吓唬他们，而且你还回去不就得了？"

巫师露出往事不堪回首的表情："因为当时我觉得这种夺你孩子的发言很酷炫，很像童话故事里的大恶人……都说了我当时非常中二，就想找机会当个大反派。"

王子:"……"

"至于为什么没把她还回去……"巫师看了看埋头撸串的莴苣姑娘，"因为她还有个双胞胎弟弟，我带她回去找父母的那天，听到他们喝酒庆祝，说本来就愁养不起两个，运气真好，女儿终于解决掉了。"

王子和巫师聊了很多，巫师说起自己给养女起名字的心路历程，他被偷走了莴苣，又得到了一个莴苣，怎么说，不失为一种能量守恒。

莴苣姑娘在一旁黄豆人流汗："这也太敷衍了吧。"

王子："还行，总比叫 Wi-Fi 好。"

莴苣姑娘："……"

她对远道而来的王子十分好奇，王子也介绍了自己一路的经历，先是在某城堡和喷火的恶龙战斗，然后在某废墟找到刻了满黑魔法的祭坛，再去某某遗迹寻找传说中古神的雕像……

"停、停一下，"巫师打断了他，"你怎么会去那种地方？全都是《冒险者指南》上标出来的绝对禁区，大众点评危险指数五颗星，你怎么连这些常识都不懂……你以前怎么成功逃出来的？"

王子挠挠头："还好吧，也不是很难。"

巫师："门口不是守着恶龙，还有数不胜数的机关和防不胜防的陷阱吗？"

王子理所当然地回答："一边砍一边躲呗。"

巫师："……"

呃，原来只要武力值够高，是可以不用看攻略的。

一切误会解除以后，王子向巫师诚恳道歉："你是个正直善良的人，我不该先入为主，轻信那些谣言……"

接着转向莴苣姑娘："但我还是想把你带出这座塔。"

莴苣姑娘正戴着油腻腻的塑料手套啃麻辣鸭头："……啊？你说什么？"

王子："你已经快要成年了，总不能在塔里住一辈子，就算你愿意永远当温室里的蔬菜，你想过他作为园丁是不是愿意一辈子照顾你吗？"

莴苣姑娘："不是温室里的花朵吗……"

王子："孩子总要脱离父母的庇护，就算过程很艰难，也不可避免……你甘心只当一个被人拯救的少女吗？你可以拥有自己的故事，你可以是那个勇敢无畏的主角。"

莴苣姑娘犹豫道："可是，我从来没有离开过这座塔……"

"那不重要，"王子说，"我本来以为是巫师禁锢了你，但他没有，这座高塔也没有，真正禁锢你的，是……"

莴苣姑娘："是我内心的软弱和对未知的恐惧……"

王子："……是你的拖延症和懒癌。"

莴苣姑娘：？

巫师走到一脸纠结的养女面前，摸了摸她的头："你关注了那么多个美食探店博主，难道不想自己去现场试试吗？比起外卖，还是堂食更好吃。"

莴苣姑娘："……"

巫师："还有，你去吃自助的话，一定能吃回本。"

## —————— 11 ——————

几天后，收拾妥当的莴苣姑娘提着两个加大号行李箱，开启了作为旅游博主的旅程。

她站在塔下，向塔顶的巫师挥手："再见——我走啦——我会给你寄特产回来的——"

巫师刚目送莴苣姑娘的身影消失在小路尽头，转头微笑瞬间消失，摘下眼镜狂抹泪水。

呜呜我的女儿呜呜呜！

王子："舍不得？"

"她，第一次，出远门，"巫师哭得一抽一抽，"我，不放心，万一，遇到坏人，怎么办？"

王子："这个嘛……她走之前，我把我的私人印章送给她了，她是被王国继承者和方圆几百里赫赫有名的邪恶巫师罩着的人，谁敢欺负她？"

巫师："……我有那么恶名远扬吗？"

王子："当然，老父亲的心情我也能理解……你要是实在放心不下，可以偷偷跟在后面保护一段时间嘛。"

巫师："……啊？"

王子："看看她去了哪里，视频拍摄是否顺利，会不会迷路，有没有交到新朋友……等确认她能独当一面，再回来也不迟。"

巫师的眼神亮了一下。

王子："又或者，没必要回来当空巢老人，何必留在塔里，你也有别的选择。"

巫师："……?"

王子："童话故事里英雄的冒险也不全是一个人的战斗，有个搭档会有趣得多，比如剑士和法师的组合就很经典。"

巫师没接话，眼睛亮晶晶地看着他。

"双排吗?"王子朝他伸出手，"想去哪个地图都可以……我每回必帮你打掩护，你永远可以相信全服第一野王。"

**图书在版编目（CIP）数据**

幼龙养人 / 鱼苗著. -- 北京：九州出版社，
2022.10

　ISBN 978-7-5225-1042-2

　Ⅰ.①幼… Ⅱ.①鱼… Ⅲ.①幻想小说—中国—当代
Ⅳ.①I247.5

　中国版本图书馆CIP数据核字(2022)第220438号

## 幼龙养人

| | |
|---|---|
| 作　　者 | 鱼　苗　著 |
| 责任编辑 | 陈丹青 |
| 出版发行 | 九州出版社 |
| 地　　址 | 北京市西城区阜外大街甲 35 号（100037） |
| 发行电话 | （010）68992190/3/5/6 |
| 网　　址 | www.jiuzhoupress.com |
| 印　　刷 | 北京天宇万达印刷有限公司 |
| 开　　本 | 787 毫米 × 1092 毫米　　32 开 |
| 印　　张 | 12 |
| 字　　数 | 93 千字 |
| 版　　次 | 2022 年 10 月第 1 版 |
| 印　　次 | 2023 年 2 月第 1 次印刷 |
| 书　　号 | ISBN 978-7-5225-1042-2 |
| 定　　价 | 49.80 元 |